**HAYMON** taschenbuch **149**

Gedruckt mit freundlicher Unterstützung
durch die Kulturabteilung der Stadt Wien.

Auflage:
4 3 2 1
2016 2015 2014 2013

**HAYMON** tb **149**

Originalausgabe

www.haymonverlag.at



**ISBN 978-3-85218-949-9**

Umschlag- und Buchgestaltung, Satz:
hœretzeder grafische gestaltung, Scheffau/Tirol
Coverfoto: photocase.com/Jenzig71
Autorenfoto: Thomas Schenk

Gedruckt auf umweltfreundlichem,
chlor- und säurefrei gebleichtem Papier.

Lisa Lercher

# Mord im besten Alter

Kriminalroman

*es wiad finsta sei, schdockfinsta sei*
*wauns liachd ausgehd*
*es wiad schdü sei, muxmausal schdü sei*
*und i wea aungsd hom*
*valuan is valuan*
*drunt in da gruam*

*oba es wiad wuaschd sei, sowos vo wuaschd sei*
*wauns da d'bock aufschdöd*
*auf dera wöd.*
„drunt in da gruam“, Deaf 2008

Lisa Lercher

**Mord im besten Alter**

für meine Omas

## Prolog

Bleierne Schwere zieht sie hinab in das Dunkel erlösenden Schlafs. Etwas in ihr wehrt sich, kämpft dagegen an. Warum lässt man sie nicht endlich in Ruhe?

Ganz am Rand ihres Bewusstseins spürt sie die Berührung. Ein Lufthauch, der kühl über ihre Beine, die Scham, dann den Bauch streicht. Sie sehnt sich nach Wärme und Schutz. Ist gefangen im Taumel der Medikamente, zu betäubt, um ihren Willen kundzutun.

Schemen schleichen um ihr Bett, wispern beschwörende Formeln. Sie stöhnt in ihrer Not. Lichtblitze zucken über ihr Gesicht. Eine warme Hand legt sich auf ihren Bauch. Sie will sie wegschieben, hat genug, will nicht ... ja was?

Jemand streichelt beruhigend über ihr Gesicht. Ihr Arm flattert hilflos wie ein aus dem Nest gefallener Vogel. Das traumlose Dunkel lässt nicht von ihr ab. Umfängt sie endlich – weich, tröstend und still.

Das Ächzen kam aus Zimmer drei. Moser blieb unschlüssig stehen. Eigentlich hatte er es eilig. Er war spät dran, Ferdl wartete seit dem Mittagessen auf ihn. Zum Ächzen gesellte sich ein Winseln, wie von einem geprügelten Hund. Moser drückte die Tür auf und betrat das Zimmer. Das rechte Bett war belegt. Auf dem mittleren stapelten sich Decken und ganz links, neben dem Fenster, versuchte eine Greisin verzweifelt aus dem Bett zu kommen. Ihr Gesicht war vor Anstrengung hochrot. Ein Bein hatte sie bereits auf das grüne Linoleum gestellt, nun mühte sie sich, auch das zweite Bein auf den Boden zu bekommen. Ihr Oberkörper schwankte, sie drohte, jeden Augenblick vornüberzukippen. Moser machte einen Satz auf die Frau zu und drückte sie an den Schultern zurück in Richtung Polster. Die Greisin plumpste wie ein Sack Mehl auf das Leintuch. Ihrem Unmut machte sie mit langgezogenen, hohen Lauten Luft, die Moser durch Mark und Bein gingen. Nervös schaute er sich um.

Die Beine der alten Frau hingen noch über die Bettkante. Ihr Nachthemd war bis zur Unterhose hochgerutscht. Durch die schlaffe Haut der Oberschenkel zogen sich blaue Äderchen. Moser bückte sich und fasste nach dem Saum des Hemds. „Passiert ja nichts", murmelte er.

„Was ist da los?" Der herrische Tonfall ließ Moser herumfahren. „Was haben Sie da bei der Haberlander zu suchen?" Der Blick der Schwester streifte Mosers Hand, die immer noch auf dem Schenkel der Frau lag.

Er zog sie weg und setzte zu einer Erklärung an. „Man wird doch ..."

„Saubartl, verschwind, aber dalli", unterbrach ihn Schwester Erika mit dem barschen Tonfall eines Feldwebels. Sie war dafür bekannt, in gewissen Situationen keinen Widerspruch zu dulden. Besonders dann, wenn sie unter Zeitdruck stand. Moser hatte im Grund nichts gegen die aparte Krankenschwester, die, wenn sie nicht gerade ihre Schwesterntracht trug, immer modisch gekleidet war. Ihr Tonfall gefiel ihm jedoch gar nicht. Er sah, wie sie sich der Greisin zuwandte.

„Und wir hören zu schreien auf", sagte Schwester Erika zu ihr. Die alte Frau ließ sich nicht so einfach beruhigen. „Aus jetzt!" Schwester Erika packte die Beine der Frau und hob sie geschickt ins Bett. Dann deckte sie die Alte zu. Die Protestlaute wurden schwächer, waren schließlich nur noch ein leises Wimmern.

Moser hatte sich währenddessen zur Tür gedreht. Die Gestalt im vordersten Bett regte sich. Moser nahm einen bandagierten Kopf wahr. Rote Haarsträhnen lugten unter dem Verband hervor. Die Steppdecke war bis über die Schultern gezogen. Darüber war noch eine braune Wolldecke gebreitet, in die mit beigen Druckbuchstaben *Haus Waldesruh* gewebt war.

Es waren die feinen Gesichtszüge, die Mosers Blick anzogen. Die flackernden Lider, die zarte Nase und die Lippen, die noch immer voll waren. Sie sah jung aus, war höchstens Mitte sechzig, schätzte er. Moser hatte keine Zweifel. Auch sie würde jetzt so aussehen. Die Erkenntnis ließ ihn unschlüssig vor dem Bett verharren. Gern hätte er gewartet, bis sie die Augen aufschlug, um zu prüfen, ob dieser erste Eindruck blieb. Gleichzeitig fürchtete er sich davor.

„Immer noch da? Sind wir heute schwerhörig?" Schwester Erikas beißender Sarkasmus schreckte ihn auf. Moser unterbrach seinen Ausflug in die Vergangenheit. Das Keifen der Schwester ignorierte er. Erst an der Schwelle ließ er sich zu einem Kommentar herab.

„Wie bitte, ich hör wohl nicht recht?“, war das Letzte, was er von der Krankenschwester vernahm. Maja Berg und Cäcilie Haberlander las er auf dem Türschild. Maja, ein ungewöhnlicher Name, dachte er und ging weiter den Gang entlang. Ferdl wartete. Das war ihm eben wieder eingefallen. Sollte ihn die Giftwurzn ruhig beim Direktor vernadern. Das war im Augenblick sein geringstes Problem.

## Zwei Wochen später

Maja drehte vorsichtig den Kopf. Das Dreibettzimmer war nicht besonders groß. Das Bett in der Mitte war im Moment nicht belegt. Drüben am Fenster lag Frau Haberlander. Die Zimmergenossin hatte ihr den Rücken zugewandt und atmete ruhig und gleichmäßig. Der Paravent lehnte zusammengefaltet an der Wand. Ein schlichtes Holzkreuz hing über der Tür. Der einzige Farbfleck im Raum war eine Luftbildaufnahme von Haus Waldesruh, und natürlich das grüne Linoleum am Fußboden, das an manchen Stellen schon ziemlich abgetreten war.

Das war also ihr neues Zuhause. Maja seufzte. Wie lange war sie schon hier? Sie hatte jedes Zeitgefühl verloren. Man hatte sie nach dem Krankenhausaufenthalt hierher auf die Pflegestation gebracht, damit sie die Folgen ihres Unfalls auskurieren konnte. War Frau Knopf, ihre Physiotherapeutin, heute schon bei ihr gewesen? Maja überlegte. Der Store war zugezogen. Draußen dämmerte es. Oder war es trüb vom Regen? Sabine Knopf kam jeden zweiten Vormittag, um Majas Gliedmaßen zu bewegen. Mobilität ist das Wichtigste, sagte sie immer, wenn Maja über die Anstrengung klagte und sich eine Pause erbat. Meist war sie nach den Übungen so erschöpft, dass sie sofort einschlief.

Sie bewegte ihre Zehen, zog sacht das Bein an. Es schmerzte immer noch, stellte sie fest. Aber insgesamt wurde es besser – bildete sie sich zumindest ein.

Langsam kehrten auch ihre Erinnerungen zurück – zumindest bruchstückhaft. Dass sie für den Rest ihres Lebens auf fremde Hilfe angewiesen sein würde, hatte der Professor im Krankenhaus gesagt, und dass sie sich darauf einstellen müsse, ihre Unabhängigkeit aufzugeben. Das ist das Beste für dich, glaub mir, hörte sie Hannes sagen. Dass Joes Neffe sie im Krankenhaus besucht hatte, bildete sie sich bestimmt nicht ein. Sie musste zugestimmt haben, dass man sie in ein Altersheim verlegte. Hatte sie nicht auch etwas unterschrieben? Sie stöhnte unwillkürlich auf. Das Nachdenken strengte sie an.

Statt des dicken Kopfverbands waren ihre Wunden nun mit Pflastern versorgt. Sie tastete mit den Fingerspitzen danach und spürte die Haarstoppeln, die aus der Kopfhaut sprossen. Vor ein paar Tagen hatte sie die Schwester um einen Spiegel gebeten. Sie hatte ihn gleich wieder weggelegt, so erschrocken war sie über ihren Anblick gewesen. Die eingefallenen Wangen, die rissigen Lippen und vor allem dieser traurige Blick mit dem abklingenden Veilchen unter dem rechten Auge – war das wirklich sie?

Wenn die Kopfschmerzen stärker wurden, schloss Maja die Augen. Sie wollte nicht so viele Tabletten nehmen. Eine Zeit lang war es ja ganz angenehm gewesen, immer wieder in diesen Dämmerzustand abzutauchen. Aber nun hatte sie genug davon. Auch von den Albträumen, die sie in der Phase zwischen Schlafen und Wachen gequält hatten. Sie wollte endlich wieder klare Gedanken fassen können. So konnte es schließlich nicht weitergehen!

Manchmal half es gegen die Schmerzen, wenn sie sich auf ihren Atem konzentrierte oder den Geräuschen in ihrer Umgebung lauschte. Das Pflegepersonal erkannte sie mittlerweile am Schritt. Schwester Erika hatte einen besonders energischen Gang. Frau Haberlanders Stöhnen konnte sie nicht ausblenden. Ihre Zimmernachbarin litt an Magenkrebs und hatte offenbar höllische Schmerzen, sobald die Wirkung des

Morphiums nachließ. Maja läutete dann nach der Schwester, weil Frau Haberlander meist zu benommen dazu war.

Majas Blick fiel auf den weißen Schnabelbecher auf ihrem Nachttisch. Daneben verdarben die Reste vom Pudding, den es heute zu Mittag gegeben hatte. Das bedeutete, dass es schon Nachmittag oder früher Abend sein musste. Jetzt erinnerte sie sich auch, dass sie nach dem Mittagessen geschlafen und von daheim geträumt hatte. Joe war auf eine Tasse Kaffee zu ihr in den Garten gekommen. Er hatte ihr lebhaft gestikulierend von der Herausforderung erzählt, sein Gefühl in Farben auszudrücken, und war guter Stimmung gewesen, weil ihm offenbar etwas gelungen war. Dann hatte das laute Organ des Zivildieners das traute Beisammensein unterbrochen und Maja war aufgewacht.

Otto hatte Frau Haberlander erst gefüttert und dann unter Ächzen und Schnaufen auf den Leibstuhl gehievt. Maja hatte den Kopf zur Wand gedreht und versucht, in ihren Traum zurückzukehren. Sie war tatsächlich noch einmal eingeschlafen.

Neugierig schaute sie zur Tür, als es klopfte. Eine Frau in einer bunt gemusterten Kleiderschürze und knöchelhohen Gesundheitsschuhen stahl sich mit breitem Grinsen ins Zimmer. Sie kam fast jeden Tag. Maja hatte schon auf Mirlis Besuch gewartet. Die Frau war, wie immer, mit Wastl gekommen. Sie hielt Maja den Stoffhund unter die Nase, damit sie ihn mit einer Streicheleinheit begrüßte. Mirli setzte sich zu Maja auf die Bettkante und summte, während ihre Finger über Majas Arm strichen.

Mirli war um die siebzig, wie Maja von einer der Schwestern wusste. Ihr kindliches Gemüt ließ die behinderte Frau deutlich jünger erscheinen. Warum niemand darauf schaute, dass Mirli neue Zähne bekam, war Maja unverständlich. Mit den wenigen Ruinen, die sie noch im Mund hatte, tat sie sich bestimmt schwer beim Beißen. Zu essen bekam sie trotzdem genug. Mirli war fast ebenso breit wie hoch, hatte eine lustige Knollennase und kleine helle Augen unter buschigen Brauen.

Schon mehrmals hatte Maja versucht, Mirli in ein Gespräch zu verwickeln, doch die alte Frau hatte höchstens genickt oder gelacht. In einem ihrer spärlichen wachen Momente hatte ihre Bettnachbarin, Frau Haberlander, gesagt, die Alte sei nicht ganz richtig im Kopf und könne gar nicht reden. Eigentlich war das egal, denn Maja und Mirli verstanden sich auch ohne Worte.

Wenig später brachte Sonja, eine der Pflegehelferinnen, das Abendessen. The Beauty and the Beast, dachte Maja unwillkürlich, als die zartgliedrige, rothaarige Pflegehelferin hinter Mirli auftauchte. „Geh Mirli, du sollst dich doch nicht auf der Pflegestation herumtreiben!“, schimpfte Sonja.

Mirli zog schuldbewusst den Kopf ein.

„Sie tut ja nichts“, verteidigte Maja die alte Frau.

„Darum geht es nicht“, sagte Sonja. „Erstens gibt es Regeln und zweitens brauchen Kranke ihre Ruhe. Außerdem ist es sowieso Zeit fürs Abendessen.“ Sie nickte Mirli zu. „Geh hinüber in den Speisesaal, sonst musst du heute ohne Nachtmahl ins Bett.“

Mirli packte ihren Wastl und duckte sich an der Pflegehelferin vorbei aus dem Zimmer.

„Sind S’ doch nicht so streng mit ihr. Ich freu mich immer, wenn sie kommt!“, sagte Maja. „Sie vertreibt mir wenigstens die Zeit.“

„Schön!“ Sonja half Maja, den Kopfteil des Bettes zu verstellen, und schüttelte den Polster auf, der ihren

Rücken stützte. Maja fielen dabei die vielen Sommersprossen auf den Armen der Pflegehelferin auf. Auch der helle Teint sprach dafür, dass Sonjas Haare naturrot waren.

„Schon wieder Grießkoch?“ Maja verzog das Gesicht.

„Gemüsesuppe hätte ich als Alternative“, bot die Pflegehelferin an.

Maja seufzte. „Ja bitte.“

„Wir sind leider kein Fünf-Sterne-Hotel“, scherzte Sonja. „Morgen kriegen S' eine Käseplatte, wenn's recht ist.“

Sie klappte das Tablett aus und stellte den Teller darauf. Auf Frau Haberlanders Nachttisch platzierte sie eine Schüssel mit Kompott. „Wenn ich es schaffe, komm ich später und helfe Ihnen beim Essen“, sagte sie und strich der Kranken über den Kopf. „Guten Appetit!“ Sie nickte Maja zu und zog die Tür hinter sich ins Schloss.

Die Suppe war lauwarm und schmeckte nach Kohlsprossen. Eines der wenigen Gemüse, die Maja gar nicht mochte. Sie zwang sich, trotzdem ein paar Löffel zu essen.

Nach einer Weile kam der Zivildiener, um das Geschirr abzuräumen. „Keinen Hunger“, bemerkte er lapidar, als er Frau Haberlanders unberührtes Kompott auf den Servierwagen räumte. Dass die alte Frau seit der letzten Morphiumgabe immer noch schlief, war ihm offenbar entgangen. Wäre Maja nicht schon wieder eingedöst gewesen, hätte sie ihn bestimmt darauf aufmerksam gemacht.

## Zwei Wochen später

Maja schrak auf. War das ein Schrei gewesen? Sie horchte angestrengt ins Dunkel. Ihr Herz klopfte wild. Hatte sie schlecht geträumt? Ein Fensterflügel klapperte im Wind. Ihre Zimmernachbarin schnarchte leise.

Vor einer Woche war sie in den ersten Stock des Altersheims verlegt worden. Man brauchte das Bett auf der Pflegestation für eine andere Frau und Majas Gesundheitszustand hatte sich mittlerweile so weit gebessert, dass sie ohne weiteres in eines der Zweibettzimmer im Haus umziehen konnte. Man hatte sie bei Frau Stadlhuber untergebracht, deren frühere Zimmergenossin erst kürzlich gestorben war. Maja hoffte, dass es nicht in diesem Bett geschehen war. Sie fand die Vorstellung, dass jemand auf ihrer Matratze seinen letzten Atemzug getan hatte, irgendwie gruselig.

Frau Stadlhuber, die schon ein gutes Stück über achtzig war, grunzte im Schlaf und drehte sich auf die andere Seite. Nach einer Weile setzte das Schnarchen wieder ein.

Maja lauschte erneut. Sie musste sich getäuscht haben. Vielleicht hatte sie im Halbschlaf ein Käuzchen oder eine Eule gehört? Wieder schlug der eine Fensterflügel gegen den Metallgriff des anderen. Außerdem war es kühl im Zimmer. Sie überlegte, ob sie das Fenster schließen sollte.

Das Aufstehen war ihr dann aber doch zu mühsam. Sie wickelte sich fester in ihre Decke. Die Äste der Birke vor dem Fenster warfen gespenstische Schatten an die Wand und den Plafond. Hoffentlich konnte sie wieder einschlafen. Sie versuchte, die Geräusche ihrer Mitbewohnerin zu ignorieren. Das unregelmäßige Klappern des Fensterflügels ging ihr auf die Nerven. Sie drehte sich zur Wand. Renate Stadlhuber murmelte irgendetwas. Maja spitzte die Ohren, verstand jedoch kein Wort. Sie wechselte neuerlich die Position. Ihre Hüfte schmerzte. Sollte sie die Schwester um ein Schlafmittel bitten? Daheim würde sie in einer solchen Situation einfach aufstehen und sich vor den Kamin setzen. Vielleicht ein Feuer machen und bis Tagesanbruch in die Flammen starren oder ein Buch lesen. Oder sie würde das Bild im Atelier fertig malen. Bestimmt würde sich ein Käufer dafür finden. Mit dem Geld könnte sie das Dach reparieren lassen.

Majas Augen brannten. Sie wischte sich über das Gesicht. Sie durfte sich nicht mit solchen Bildern quälen. Es war sinnlos. Sie hatte sich überreden lassen, ihr Haus aufzugeben und ins Altersheim zu ziehen, und musste jetzt mit ihrer Entscheidung leben. Sie sollten das Positive in der Veränderung sehen, hatte ihr die Physiotherapeutin geraten. „Ich bemüh mich ja", murmelte Maja. Sie war müde und konnte doch nicht schlafen. Dann fiel ihr etwas ein, das fast immer geholfen hatte. Sie stellte sich vor, in der Hängematte zwischen ihren Apfelbäumen zu dösen. Die Sonne schien dabei warm auf ihre Beine. Vögel zwitscherten, eine dicke Hummel brummte an ihrem Ohr vorbei. Der Wind raschelte leise in den Blättern und wehte Fliederduft in ihre Nase. Unter der Weide saß Joe mit seinem Skizzenblock. Er legte ihn beiseite, kam auf sie zu und küsste sie sacht auf den Mund ...

Die Sonne schien bereits hell ins Zimmer, als Maja die Augen aufschlug. Sie gähnte ausgiebig.

„Ausgeschlafen?"

„Guten Morgen!" Maja warf einen Blick auf den Wecker auf ihrem Nachtkästchen. Normalerweise war ihre Zimmernachbarin um diese Zeit längst auf. Meist wurde sie von ihrem Rumoren im angrenzenden Badezimmer oder vom Rauschen der Klospülung geweckt. Frau Stadlhuber kletterte umständlich aus dem Bett und schlüpfte in ihre Patschen. Sie zog den Vorhang ganz beiseite und schloss das Fenster. „Bei der frischen Luft schläft es sich gleich besser, gell?"

Maja nickte.

Es klopfte an der Tür. Rosi, die Küchenhilfe, brachte Majas Frühstück. Maja durfte ihr Frühstück im Zimmer einnehmen, weil sie immer noch Hilfe beim Aufstehen und Anziehen brauchte. Die Ausnahmegenehmigung kam auch dem Personal entgegen, das am Morgen ohnehin genug Arbeit hatte.

Rosi stellte das Tablett auf dem Tisch vor dem Fenster ab. Ihre feisten Wangen waren gerötet. Die aschblonden Haare hatte sie zu einem Knoten aufgesteckt.

Maja drückte auf den Schalter, mit dem sich der Kopfteil ihres Bettes verstellen ließ. Der obere Teil des Lattenrosts surrte in Schräglage, sodass sie sich bequem an den Polster lehnen konnte. Rosi klappte das Tablett aus und stellte es auf das Bett.

„Und, was gibt es Neues?", fragte Maja aufgeräumt.

Gerade als Rosi zu einer Antwort ansetzte, öffnete sich die Badezimmertür. „Guten Morgen, Tante Renate", begrüßte Rosi ihre Großtante. „Ich hab dir ein Stück Topfenstrudel mitgebracht." Renate Stadlhuber lächelte. Sie war sichtlich erfreut, dass Rosi mit kleinen Aufmerksamkeiten immer wieder für Abwechslung im ansonsten eintönigen Speiseplan sorgte.

Maja schenkte sich Tee ein. Lieber wäre ihr Kaffee gewesen, aber die dünne Brühe, die zum Frühstück angeboten wurde, war für ihre Begriffe nicht trinkbar.

„Hast du gehört, was in der Nacht passiert ist?“, platzte Rosi heraus.

Ihre Großtante schüttelte den Kopf.

„Die Mirli ist tot.“

Maja, die eben damit begonnen hatte, Butter auf ihr Brot zu schmieren, legte das Messer zur Seite. „Unsere Mirli?“

Rosi nickte.

Mirli war auch nach Majas Wechsel von der Pflegestation auf eines der Seniorenzimmer immer wieder zu Besuch gewesen. Meist dann, wenn Renates Verwandte Süßigkeiten gebracht hatten. Die alte Frau war süchtig nach Zuckerln und Schokolade gewesen und schien einen sechsten Sinn dafür zu haben, wann wieder Nachschub gekommen war.

„Wie ...?“

Rosi senkte die Stimme. „Eigentlich darf ich ja nichts sagen. Aber es bleibt eh unter uns, oder?“

„Natürlich“, beteuerte Renate Stadlhuber: „Erzähl schon!“

„Sie hat sich das Genick gebrochen.“

„Um Gottes Willen“, entfuhr es Maja.

„Wie ist denn das passiert?“, fragte Renate Stadlhuber.

„Aus dem Fenster ist sie geköpfelt und wahrscheinlich blöd bei der Umrahmung der Blumenrabatte aufgekommen.“

„Wann?“

„In der Nacht. Genau weiß ich es auch nicht.“ Rosi zog ein Taschentuch aus ihrem Arbeitsmantel und schnäuzte sich geräuschvoll.

Schreck durchzuckte Maja. War es Mirlis Todesschrei gewesen, der sie mitten in der Nacht aus dem Schlaf gerissen hatte?

„Ich hab nichts gehört. Ist auch kein Wunder. Seit ich die neuen Pulver nehme, schlafe ich wie eine Tote!“ Renate Stadlhuber schien die Pietätlosigkeit ihrer Wortwahl nicht zu bemerken.

„Mirlis Zimmernachbarin hat nichts bemerkt?“, fragte Maja.

Rosi hatte sich auf einen der Sessel gesetzt und die Gesundheitsschlapfen von ihren Füßen geschüttelt. „Sie war gar nicht in ihrem Zimmer, sondern angeblich in diesem Wohlfühlzimmer.“

Maja hatte schon von dem Zimmer gehört. Es war erst vor ein paar Wochen eingerichtet worden und diente als Rückzugsort für Bewohner, die mit ihren Besuchern allein sein wollten. Renate Stadlhuber nannte es spöttisch Romantikzimmer, weil vor kurzem ein Paar darin beim Küssen überrascht worden war.

„Mitten in der Nacht?“

Rosi zuckte die Schultern. „Die ist doch öfter in der Nacht durchs Haus strawanzt. Wahrscheinlich war sie wieder einmal unterwegs. Jedenfalls ist sie in der Früh im Garten gefunden worden. Die Polizei war auch da.“

„Tragisch“, murmelte Maja.

Rosi nickte. „Ja. Für den Schönwies auch. Der kann solche Schlagzeilen gar nicht brauchen.“

Renate Stadlhuber nickte zustimmend. Mit ihrer großen Brille wirkte sie wie eine Eule.

In Rosis Schürzentasche klingelte es. Sie hielt sich das Handy ans Ohr. „Gleich“, antwortete sie knapp. „Mein Typ ist gefragt. Vielleicht komm ich am Nachmittag noch einmal auf ein Tratscherl. Dann müssen wir auch über deinen Frisörtermin reden. Du wolltest ja eine frische Dauerwelle.“ Letzteres war an ihre Großtante gerichtet. „Also bis später.“ Sie schlüpfte in ihre Schlapfen und eilte aus dem Zimmer.

## Zwei Tage später

Immer ein Schritt nach dem anderen, langsam, erst den rechten Fuß, Zeit lassen, wiederholte Maja in Gedanken. Sabines Worte begleiteten Maja bei ihren Übungen wie Musik. Die Physiotherapeutin hatte ihr zwar aufgetragen, sich nicht zu überfordern, aber Majas Ehrgeiz, die lästige Gehhilfe sobald wie möglich loszuwerden, spornte sie zu Höchstleistungen an. Gern hätte sie im Zimmer trainiert, unbeobachtet von den anderen. Aber Renate Stadlhubers hektische Suche nach einem alten Foto hatte sie vertrieben. Nicht zum ersten Mal hatte die Zimmernachbarin etwas verlegt. Sie kramte dann mit wachsender Aufregung in den Laden, den Taschen ihrer Kleidungsstücke oder den Tiefen ihrer Handtasche, kippte deren Inhalt auf das Bett, den Tisch und manchmal auch auf den Fußboden. Hatte sie das Gesuchte dann gefunden, was meistens der Fall war, schimpfte sie sich selbst ein Vergissmeinnicht.

Bei allem Verständnis für die Eigenheiten ihrer Mitbewohnerin lag Maja viel daran, wenigstens tagsüber ein paar Stunden ohne Renate Stadlhuber zu verbringen. Sie hatte sich vorgenommen, sobald es das Wetter zuließ, einen Großteil ihrer Zeit im Park zu verbringen. Drinnen fiel ihr immer öfter die Decke auf den Kopf.

Haus Waldesruh lag knapp fünfzig Kilometer von der Bundeshauptstadt entfernt und etwa zwei Kilometer außerhalb eines Dorfes mit knapp tausend Einwohnern. Die Region warb mit naturbelassenen Ausflugsgebieten und einem großen Netz an Rad- und Wanderwegen. Das wusste Maja aus einem Prospekt.

Auch über ihre unmittelbare Umgebung hatte sie bereits einiges in Erfahrung gebracht. Sie war im Haupthaus des Altersheims untergebracht, in dem sich die Verwaltung, eine kleine Pflegestation und etliche Zwei- und Dreibettzimmer befanden. Seitlich angebaut, aber mit dem Haus verbunden, gab es eine kleine Kapelle, in der eine Pastoralassistentin jeden Samstag einen Wortgottesdienst abhielt. Gegenüber vom Haupthaus lag ein zweistöckiges Gebäude mit insgesamt acht Wohneinheiten für betreutes Wohnen. Für Einzelpersonen gab es Garçonnièren, die Wohnungen für Paare waren etwas größer. Majas Erkundungsgänge waren bislang auf das Haupthaus beschränkt geblieben. Dabei waren die Gänge und die Eingangshalle ihre bevorzugten Aufenthaltsorte, weil sie hier Platz für ihre Gehübungen hatte.

Maja warf einen Blick auf die Uhr. Bis zum Essen blieb noch genug Zeit. Sie schob ihre Gehhilfe entschlossen vor sich her.

„Sie haben es aber eilig", bemerkte Otto im Vorbeigehen frech.

„Sehr witzig", murmelte Maja. Sie bedachte den Zivildiener, der kaum älter als ein Hauptschüler wirkte, mit einem bösen Blick. Otto fehlte es eindeutig an Respekt für die alten Herrschaften. Sie war nicht die Einzige, die so dachte, und sie fragte sich, was ihn wohl bewogen hatte, seinen Zivildienst in einem Altersheim zu leisten.

Otto wandte sich feixend um und übersah dabei Herrn Hollnsteiner, der eben mit dem Rollstuhl aus seinem Zimmer kam. Der Zivildiener rammte das Gefährt des alten Mannes frontal und konnte einen Sturz gerade noch verhindern. Er rieb sich fluchend das Knie. Der alte Hollnsteiner starrte ihn entgeistert an. „So ein Hans Guck-in-die-Luft", sagte er nach einer Schrecksekunde.

„Weh getan?" Maja verkniff sich ein schadenfrohes Grinsen.

„Mir geht's gut", antwortete der alte Mann. „Dir auch, oder?" Er musterte den Zivildiener abwartend.

„Scheiße!", fluchte Otto, bevor er sich bückte und die Medikamentenschachteln aufhob, die ihm beim Zusammenprall aus der Hand gefallen waren. Dann ging er humpelnd seines Wegs.

Hollnsteiner schüttelte den Kopf, wendete den Rollstuhl und hielt auf den Lift zu.

Maja dachte an Schildkröten, während sie weiter ihr Ziel ansteuerte. Es war bereits in Sichtweite. Wenig später stand sie direkt davor. Auf dem unscheinbaren Türschild war *Wohlfühlzimmer* zu lesen. Die Bezeichnung passt nicht, dachte Maja. Fenstersturzraum wäre treffender. Wie es wohl drinnen aussah? Sie griff nach der Klinke. Das Zimmer war versperrt. Womöglich ermittelte die Polizei noch? Andererseits müsste dann zumindest ein Siegel oder ein Absperrband angebracht sein. In den Fernsehkrimis war es jedenfalls immer so.

Maja überlegte, ob sie nach dem Schlüssel fragen sollte. Aber mit welcher Begründung? Nicht einmal Hannes besuchte sie. Aber mit ihm wäre sie sowieso nicht in dieses Zimmer gegangen. Ein wenig enttäuscht trat sie den Rückweg an.

Der alte Hollnsteiner stand mit seinem Rollstuhl vor dem Aufzug. „Wollen S' hinunter?", fragte sie. Er hob verwirrt den Kopf. Hatte er gedöst? „Ja, ja. Bitte!"

Sie drückte auf den Knopf und wartete geduldig, bis der alte Mann seinen Rollstuhl in die Kabine befördert hatte. Dann stieg auch sie ein. Gemeinsam fuhren sie ein Stockwerk tiefer.

Die Front der Eingangshalle war verglast, sodass auch an trüben Regentagen wie diesem ausreichend Tageslicht hereinfiel. Zwei Sitzgruppen und etliche Grünpflanzen vermittelten den Eindruck von Gemütlichkeit. Palmkätzchen, die mit bemalten Eiern geschmückt waren, standen in einer hohen Bodenvase neben einem der Sofas.

Die meisten Heimbewohner hielten sich, bis die Temperaturen ausgedehnte Aufenthalte im Garten erlaubten, tagsüber hier auf. Sie beobachteten das Kommen und Gehen von Mitbewohnern, Gästen und Lieferanten, unterhielten sich oder warteten am Wochenende auf Besuch. Auch einzelne Pfleglinge, die ihr Umfeld kaum mehr wahrnahmen, wurden hierhergesetzt oder im Rollstuhl hergeschoben. Damit waren sie unter Aufsicht und erhielten gleichzeitig Anregungen für ihre müden grauen Zellen.

Heute herrschte mehr Betrieb als sonst. Eine Gruppe aus dem Kindergarten scharte sich um den Sessel einer betagten Dame. „Wie schön, dass du geboren bist, wir hätten dich sonst sehr vermisst ...", hörte Maja beim Näherkommen. Einige der Kinder schauten sich, während sie sangen, neugierig um. Eine junge Frau begleitete die Darbietung auf ihrer Gitarre. Die Greisin lächelte verzückt und klatschte den Takt zum Lied. Zur Feier des Tages hatte man sie herausgeputzt. Nur die Filzpantoffeln passten nicht so recht zum dunklen Kleid und der weißen Bluse mit dem Spitzenkragen.

„Frau Gsellmann war früher Kindergärtnerin", sagte eine weißhaarige Frau, die dem Ständchen ebenfalls lauschte, zu Maja. Wie hieß sie gleich noch einmal?

„Herzig, die Kleinen."

„Manchmal kommt es mir wie gestern vor, dass meine eigenen Kinder in dem Alter waren." Die Frau lachte.

„Ja, ja. Die Zeit vergeht. Schneller als einem manchmal lieb ist.“

Nachdem sich die Gitarrenspielerin und einzelne Kinder unter Applaus verbeugt hatten, trug ein Mädchen mit Zöpfen, die wie Antennen von ihrem Kopf abstanden, ein Gedicht vor. Sogar einen Knicks brachte das Kind zustande, bevor sie der Jubilarin einen Blumenstrauß überreichte. Die ehemalige Kindergärtnerin streichelte dem Kind über die Wange und wischte sich gerührt die Tränen ab.

Maja hatte genug gesehen. Sie umklammerte die Griffe ihrer Gehhilfe und ging zur Anschlagtafel hinüber. Dort legte sie die nächste Pause ein. Für das Basteln des Osterschmucks wurden noch Interessierte gesucht, das Osteoporose-Turnen fand, wie immer, am Dienstag statt und für heute war eine Filmvorführung im Mehrzweckraum angekündigt – *Jetzt schlägt's 13,* ein Film mit Hans Moser und Theo Lingen in den Hauptrollen. Für den darauf folgenden Monat war der Besuch einer Vorstellung im Landestheater geplant. Karten waren noch zu haben, wie auf dem Flugblatt stand. Sabine, die Physiotherapeutin, hatte ihr geraten, das eine oder andere Angebot in Anspruch zu nehmen, um Kontakte zu knüpfen und sich die Eingewöhnungsphase zu erleichtern. Ins Theater wäre Maja gerne mitgefahren, aber sie befürchtete, dass ihr mit der lädierten Hüfte die Busfahrt und das lange Sitzen zu viel sein würden.

Sie rückte ihre Gehhilfe zurecht und nahm das nächste Teilstück ihrer Trainingsstrecke in Angriff. Einen Schritt nach dem anderen, Zeit lassen, wiederholte sie in Gedanken. Beim Fenster traf sie Helene Stocker, die mit ihr am Mittagstisch saß. Frau Stocker hatte eine Vorliebe für breitkrempige Hüte und grellen Lippenstift.

„Grüß Sie, Frau Hauser!“ Maja grüßte freundlich zurück. Sie hieß zwar nicht Hauser, sondern Berg, wusste aber inzwischen, dass Helene oft in ihre eigene Welt abdriftete und in den Heimbewohnern Menschen zu erkennen glaubte, die in ihrem Leben früher eine Rolle gespielt hatten. Neben der Vase mit den Ostereiern saß Herbert Bloch. Er hatte offenbar endlich Nachschub erhalten. Der alte Mann liebte es, Luftpolster von Verpackungsfolien zu zerdrücken. Das knackende Geräusch, das entstand, sobald eine Blase platzte, erfüllte ihn mit tiefer Befriedigung.

Maja lächelte und setzte ihren Weg fort.

„Himmelfix!“ Fast wäre sie über Nazls Spazierstock gestolpert. Der alte Mann, der eine Vorliebe für Kriegsfilme hatte und ein Ewiggestriger geblieben war, trug sein immer noch dichtes Haar akkurat gescheitelt. Meist traf man ihn in seinem Trachtenanzug an.

„Passierschein“, schnarrte er und funkelte Maja böse an. Ein paar Köpfe drehten sich neugierig zur Quelle des Tumults hin. Jede Unterbrechung der Alltagsroutine war willkommen.

„Lassen Sie mich vorbei“, sagte Maja.

„Passierschein. Oder ich muss dich melden!“ Der Alte ließ nicht locker. Er hob drohend seinen Stock. Karl Svoboda, sein zuckerkranker Freund, kicherte belustigt. Er war, wie immer, an Nazls Seite und hielt eisern zu seinem Freund, wenn sich, was immer wieder vorkam, jemand über die beiden beschwerte.

„Na Pupperl, hama keinen Passierschein nicht? Der Herr General wartet!“, zischelte er. Sein falsches Gebiss saß schlecht, wie man an seiner Aussprache hörte.

„Ignaz, sekkier die Dame nicht“, mischte sich ein älterer Mann ein. Er hatte das Foyer eben erst betreten.

Seine Haare waren feucht, auf der abgetragenen Lederjacke glitzerten Wassertropfen.

„Verschwind, Moser", sagte Nazl, der sich um seinen Spaß gebracht sah.

Der Neuankömmling ignorierte Nazls aggressiv vorgebrachte Aufforderung und wandte sich an Maja. „Alles in Ordnung?"

Sie nickte und hantelte sich mit ihrer Gehhilfe weiter. Sie sehnte sich nach ein wenig Stille und wusste auch schon, wo sie diese finden würde.

***

Durch die bunten Scheiben fiel getöntes Licht. Ein üppiger Chrysanthemenstrauß schmückte den Altar. Friedhofsblumen, dachte Maja. Sie waren Joe zuwider gewesen, aber die Stimmung hier hätte er wohl gemocht. Das leise Prasseln des Regens auf dem Dach, das Spiel der Schatten auf dem Altartuch, wenn der Wind die Bäume vor den Fenstern bewegte, das harzige Aroma des Weihrauchs ... Maja vermisste Joe. Dabei hatte sie in langen Jahren gelernt, im Alltag ohne ihn auszukommen. Sie erinnerte sich an einen Gedenkspruch, den sie einmal auf einem Grabstein gelesen hatte: *Die Wunde, die dein Tod mir schlug, kann mein Tod nur heilen.*

Weiter vorne saß, in Gedanken versunken, Angela Schener. Seit dem Tod ihres Mannes verbrachte die Hofratswitwe, die im Heim als Frau Hofrat tituliert wurde, viel Zeit in der Kapelle. Sie hatte beim Mittagstisch erzählt, dass ihr der Glaube die Kraft zum Weiterleben gab. Irgendeinen Sinn wird es wohl haben, dass mich der Liebe Gott noch nicht zu sich geholt hat, sagte sie manchmal.

Ein unvermitteltes Krachen zerriss die Stille. Maja wandte den Kopf. Ein Mann im dunklen Anzug fixierte die Tür. Dann wurde ein solider Buchenholzsarg auf einem Rollwagen nach vor zum Altar geschoben. Den Sargdeckel zierte ein Gesteck aus weißen Lilien. Zwei Männer brachten mehrere Buketts, die sie rechts und links vom Altartisch auf Ständern drapierten. Sie legten einzelne Schleifen zurecht, sodass letzte Grüße und Namen der Überbringer gut lesbar waren. Ans Fußende des Sargs wurden ein hoher Kerzenständer mit einem Fach für Teelichter in Silberfolie, ein Weihwasserbehälter und eine Kassa gestellt.

Die Männer verabschiedeten sich mit einer Verbeugung vor dem Sarg. Beim Hinausgehen nickte einer der beiden Maja zu. War es nur ein höflicher Gruß? Maja verspürte eine leichte Beklemmung. Irgendwann würden solche Männer auch sie in eine Holzkiste packen. Das war ganz einfach der Lauf des Lebens. Ein Lied von Ludwig Hirsch kam ihr in den Sinn – *I lieg am Ruckn.* Der Text war gruselig. Besonders, wenn man in unmittelbarer Nähe einer Toten saß.

Sie zwang sich aufzustehen und arbeitete sich mit ihrer Gehhilfe bis zu dem Sarg vor. Auf ihrem Weg kam sie an der Hofrätin vorbei, die eingenickt war und leise mit offenem Mund schnarchte.

Marianne Aigner, war in die Metallplakette graviert, die ans Fußende des Sargs geschraubt war. So also hatte Mirli mit vollem Namen geheißen.

Sie zuckte zusammen, als sie eine Bewegung neben sich wahrnahm. Sie hatte niemanden hereinkommen gehört. Maja hob den Kopf und schaute in wache, graublaue Augen. „Nicht erschrecken“, flüsterte eine raue Männerstimme. Moser? So hieß er doch, oder? Weiße Strähnen durchzogen sein dunkelbraunes Haar. Er erinnerte sie ein wenig an einen Althippie. Da war eine entfernte Ähnlichkeit mit John Lennon – allerdings einem, der in die Jahre gekommen war. Mosers breite Nase war ein wenig schief. Die Folge einer Schlägerei? Wie alt mochte er sein?

Diese Ähnlichkeit ist unglaublich, dachte Moser. Als wären sie Schwestern gewesen. Nur die Augenfarbe stimmte nicht und der Haaransatz war ein wenig anders. Vielleicht lag es aber auch an der Frisur oder der Haarfarbe? Ihre Haare waren tiefschwarz gewesen. Rot hätte ihr bestimmt auch gestanden.

„Die arme Mirli", sagte Maja, der seine schweigende Betrachtung unangenehm wurde.

„Mhm."

Moser griff nach einem Teelicht, hielt die Flamme seines Feuerzeugs an den Docht und stellte es auf den dafür vorgesehenen Ständer. Dann schob er die Hände in seine Jackentaschen.

Majas Blick wanderte von der hellen Flamme hin zur Kassa. Fünfzig Cent verlangte der Bestatter für eine der kleinen Kerzen.

„Der Pompfüneberer verdient auch so genug", rechtfertigte sich Moser.

„Haben Sie sie gut gekannt?" Maja deutete auf den Sarg.

„Ich hab sie gefunden!"

Maja drehte sich überrascht zu ihm hin.

„Zuerst habe ich geglaubt, dass sie hingefallen ist."

„Wie kann so etwas passieren?"

Moser zuckte die Schultern. „Keine Ahnung."

„Ich hab gehört, es war ein Unfall?"

Moser zuckte erneut die Schultern. „Das hab ich auch gehört."

Wusste er wirklich nicht mehr? „War denn die Polizei nicht da?"

„Sicher! Aber wenn es Angehörige gäbe, würden die es vielleicht ganz genau wissen wollen." Moser legte ihr begütigend die Hand auf den Arm. „Nichts für ungut. Ich muss weiter. Hat mich gefreut, Frau Berg", sagte er. Seine Absätze klapperten auf dem Laminat, einem Eichenimitat. Auch der Pferdeschwanz, zu dem er seine dichten Haare gebunden hatte, entging Maja nicht. Woher wusste er ihren Namen?

Draußen war es kühl und windig. Es hatte zu regnen aufgehört. Maja fror ein wenig. Sie hätte sich den Mantel aus dem Zimmer holen sollen. Auf den holprigen Steinplatten, die rund ums Haus verlegt waren, kam sie deutlich langsamer voran als auf dem Linoleum.

An der Ecke gönnte sie sich eine kurze Pause. Sie hatte nur noch wenige Meter vor sich. Mosers Bemerkung, dass es niemanden wirklich kümmerte, wenn ein alleinstehender alter Mensch starb, hatte sie nachdenklich gemacht.

Sie legte den Kopf in den Nacken. Das Fenster des Wohlfühlraums stand offen. Ein gemusterter Vorhang bauschte sich im Wind.

Majas Blick wanderte zum Blumenbeet, in dem sich die ersten Schneerosen ihren Platz an der Sonne erkämpft hatten. Die steinerne Einfassung stach aus der klumpigen Erde. Hier musste Mirli aufgeprallt sein. Maja sah die alte Frau vor sich, wie sie mit ihrem Wastl durch das Haus zog. Wenn jemand den Plüschhund ohne Erlaubnis streicheln wollte, hatte sie an seiner Stelle geknurrt.

Im Beet waren Abdrücke von Sohlen zu erkennen. Einige Schneerosen lagen zertrampelt im Dreck. Vereinzelt fanden sich Brocken von Gartenerde auf den

Steinplatten. Das meiste hatte wohl der Regen schon weggewaschen.

Erst jetzt bemerkte sie das Grablicht, das erloschen an der Hauswand stand. Dann entdeckte sie in einer Ritze zwischen zwei Steinplatten ein kleines, orangerotes Ding. Sie kniff die Augen zusammen. Was war das? Ein Knopf? Sie mühte sich, das Ding mit ihrer Gehhilfe aus der Spalte zu schubsen. So sehr sie sich auch plagte – es war aussichtslos. Der Metallfuß war einfach zu dick. Sie wischte sich über die Stirn. Gab es jemanden, den sie bitten konnte, dieses Ding für sie aufzuheben, damit sie es genauer in Augenschein nehmen konnte?

„Kann ich helfen?“, hörte sie eine Stimme hinter sich. Sie drehte sich umständlich zur Seite. Direktor Schönwies kam mit einem Medikamentenkoffer in der Hand auf sie zu. Seine markante Nase war von der Kälte gerötet. „Aber Frau Berg, was machen Sie denn da ganz alleine. Noch dazu ohne Mantel. Sie holen sich noch den Tod“, sagte Schönwies tadelnd. Er selbst trug einen hellen Kaschmirmantel samt dazu passendem Schal. Die schwarzen Schuhe glänzten frisch geputzt.

„Mir ist etwas hinuntergefallen. Seien Sie bitte so gut“, sagte Maja. Sie wies mit der Schuhspitze auf ihren Fund.

Schönwies zögerte einen Augenblick, dann stellte er den Koffer ab und bückte sich. Er griff nach der orangeroten Scheibe und warf sie gleich darauf angeekelt von sich. Sie landete auf dem Kanalgitter neben der Regenrinne, kippte und verschwand zwischen den Metallstäben.

„Ach geh“, ärgerte sich Maja. Wieso warf er das Ding einfach weg?

„Pfui, das ist ja grauslich. Total aufgeweicht. Essen hätten Sie das sowieso nicht mehr können." Der Direktor wischte sich die sorgfältig manikürten Finger an einem Taschentuch ab.

„War das nicht mein Knopf?", fragte Maja mit treuherzigem Augenaufschlag.

„Nein. Das war ein Geleezuckerl oder so was Ähnliches", entgegnete Schönwies. „Kommen Sie jetzt", fügte er hinzu und winkte ungeduldig mit dem Arm. „Sie müssen schon vernünftig sein und auf sich schauen. Oder muss Ihnen der Arzt Hausarrest verordnen?"

***

Die Teamsitzung des Personals der Pflegestation mit Direktor Schönwies fand, wie jeden zweiten Donnerstag im Monat, am frühen Vormittag statt.

„Diese Zeitungsschmierer sind schon ein Wahnsinn. Haben keinen Tau von nichts, patzen aber gleich das Personal an", schimpfte Alex, einer der Pfleger, und reichte die Zeitung an Sonja, die Pflegehelferin, weiter. Sie überflog den Artikel, in dem über den Fenstersturz berichtet wurde. Mirli war mit ihrem Stofftier abgebildet. Darunter war ein Foto von der Fundstelle der Leiche zu sehen.

„Nachher sind immer alle gscheiter", sagte Schwester Miriam. „Hätten wir genug Personal, hätte sicher wer bemerkt, dass sich ein Pflegling mitten in der Nacht aus dem Zimmer schleicht."

„Ganz verhindern lässt sich so was nie. Und selbst wenn ich es bemerkt hätte. In diesem Romantikzimmer hätte ich sie bestimmt nicht gesucht", entgegnete Alex. „Was hat sie da auch zu tun gehabt?"

„Die Mirli war öfter dort", sagte Sonja. „Sie hat sich in dem Zimmer wohlgefühlt."

„Das hätten Sie mir sagen müssen!" Schönwies strenger Blick fiel auf die zartgliedrige Pflegehelferin, die mit den feinen silbernen Ohrringen und der schmalen Halskette noch mädchenhafter als sonst wirkte.

„Ich dachte, Sie wussten das." Sonjas Stimme klang entschuldigend.

„Woher denn?"

Aber du bist doch sonst immer über alles informiert, dachte Schwester Erika und betrachtete eingehend ihre malträtierten Finger. Sie musste sich das Nägelbeißen endlich abgewöhnen. „Aber warum sie aus dem Fenster gefallen ist, wissen wir immer noch nicht", sagte sie.

„Vielleicht war es ein Schwindelanfall beim Luftschnappen?", überlegte Sonja. Ihre roten Locken leuchteten im Sonnenlicht, das durch das Fenster fiel. Schwester Erika bemerkte, dass Otto begehrliche Blicke auf die Pflegehelferin richtete. Glaubte der Bengel wirklich, dass er Chancen bei einer wie Sonja hatte?

„Sie war manchmal total desorientiert. Möglicherweise hat sie etwas erschreckt und sie wollte flüchten", spekulierte Miriam. Die mollige Schwester verschränkte die Arme vor ihrem mächtigen Busen. Sie war wegen ihrer freundlichen und mitfühlenden Art bei den Patienten sehr beliebt. Ihre Engelsgeduld ließ sie auch im Umgang mit schwierigen Bewohnern nicht im Stich.

„Oder sie hat ihren Liebhaber getroffen und ..."

„Blödsinn", unterbrach Schwester Erika den Zivildiener. „Die Mirli hat doch keinen Freund gehabt."

„Woher willst du das so genau wissen?", ereiferte sich Otto. „Die war an Sex interessiert. Frag doch den Alex!"

Der schlaksige Pfleger machte eine abwehrende Handbewegung. „Erinnere mich bloß nicht daran."

„Ist da noch etwas, das ich wissen sollte?", fragte Schönwies.

„Nein, nicht wirklich", sagte Alex. „Die Mirli hat mir halt ein paar Mal Avancen gemacht."

„Wie?", fragte Erika. „Sie hat doch nicht geredet."

„Na so wie Frauen das halt machen." Alex klang genervt.

„Sie ist um ihn herum scharwenzelt, hat seine Hand genommen und sie sich, du weißt schon wo, hingelegt und manchmal hat sie auch ihre Schürze ...", gab Otto bereitwillig Auskunft.

„Geh hör auf!", unterbrach Alex den Zivildiener.

„Aha, so machen Frauen das." Schwester Erikas Augen blitzten. Sie ließ den Bügel ihrer modischen Designerbrille los, die sie abgesetzt und auf den Tisch gelegt hatte.

Alex ignorierte den bissigen Kommentar und wandte sich dem Direktor zu. „Weil wir gerade beim Thema sind: Den Bloch hab ich auch schon wieder beim Wichsen erwischt. Die Windel hat er in den großen Blumentopf am Gang hinter der Eingangshalle gestopft. Die Hofrätin ist dazugekommen. Da hat es ihn gleich doppelt gefreut. Ich hab ihn dann gestampert und ihm gedroht, dass ich ihm seine Luftblasenfolien wegnehme, wenn er sich nicht benimmt. Der Hofrätin habe ich Beruhigungstropfen gegeben."

Schönwies' schmale Hände spielten mit der Kolbenfüllfeder, mit der er für gewöhnlich seine Notizen in eines der gebundenen Arbeitsbücher schrieb. „Reden Sie mit dem Doktor, womöglich passt die Dosierung nicht mehr und der Bloch muss besser eingestellt werden."

„Beim Svoboda gibt's auch ein Problem“, sagte Sonja. „Ich hab wieder eine Schnapsflasche in seinem Kasten gefunden. Er weiß ja, dass sich seine Tabletten nicht mit dem Alkohol vertragen, aber das ist ihm offenbar egal, also muss man regelmäßig kontrollieren.“

„Gut!“ Schönwies warf einen Blick in die Runde. „Sonst noch etwas?“ Er wartete einen Augenblick und fuhr dann fort: „Um noch einmal auf die Sache mit der Mirli zurückzukommen: Die Polizei hat den Vorfall untersucht. Fremdverschulden wurde keines festgestellt. So kommuniziere ich das auch den Medien und ich hoffe sehr, dass das Interesse an dem Vorfall bald einschläft. Wir werden hier in Haus Waldesruh weiter unser Bestes geben. Nicht wahr?“

Vereinzelt war ein gemurmeltes Ja zu hören.

Schwester Erika nippte an ihrem Kaffee. Sie war froh, dass sie die Nacht, in der das Unglück passiert war, daheim bei ihrer Tochter verbracht hatte.

Otto, der Zivildiener, griff nach einem Keks. Die Brösel wischte er über die Tischkante, was ihm einen bösen Blick von Schwester Erika einbrachte.

„Ich möchte Sie alle bei der Gelegenheit nochmals darauf hinweisen, dass Sie selbst bitte keine Interviews geben, sondern die Journalisten zu mir schicken!“, setzte der Direktor fort. „Wobei ich glaube, dass der größte Rummel ohnehin schon vorbei ist.“ Er griff nach seinem Wasserglas. „Dann ist natürlich dafür zu sorgen, dass sich so eine Geschichte kein zweites Mal wiederholt.“

Einige der Anwesenden hielten ihre Köpfe gesenkt.

„Ich möchte, dass Sie bei den Nachtdiensten sicherstellen, dass Patienten, die verwirrt oder stark desorientiert sind, keine Möglichkeit haben, während der Ruhezeiten das Zimmer zu verlassen.“

„Manche Zimmer könnte man notfalls zusperren. Wir kennen unsere Pappenheimer doch eh“, sagte Schwester Miriam. „Und es ist zu ihrer eigenen Sicherheit.“

Zustimmendes Gemurmel unterstützte den Vorschlag.

„Oder wir schaffen Fußfesseln an“, sagte Otto mit vollem Mund. Der Keksteller in seiner Reichweite war fast leer.

„Das Thema Fußfessel haben wir schon öfter diskutiert“, ergriff Schönwies das Wort. „Konsens ist, dass sie nicht zu unserem Image passen.“

„Aber vereinfachen würde es den Job manchmal schon. Manche Alte sind schwerer als ein Sack Flöhe zu hüten“, warf Otto ein.

„Dir fehlt die Routine“, wies ihn Schwester Erika zurecht. „Außerdem haben wir immer noch die Gitterbetten und auch wenn es niemand gern hört, ganz schwierige Fälle muss man zeitweise ein bisserl sedieren und wenn es hart auf hart geht, im Bett fixieren.“ Schwester Erika, die in ihrer langen Berufskarriere schon vieles gesehen hatte, nahm sich kein Blatt vor den Mund.

„Solche Praktiken können aber nicht die Regel sein. Wir reden hier bitte sehr von begründeten Ausnahmen!“

Schwester Erika biss sich auf die Lippen. Dass ihr der Direktor in den Rücken fiel, hätte sie sich eigentlich gleich denken können. Otto konnte sich ein boshaftes Grinsen nicht verkneifen.

„Den Angehörigen gegenüber würde ich das lieber nicht erwähnen. Die wollen hören, dass man bei der Oma am Bett sitzt, ihre Hand hält und beruhigend auf sie einredet“, sagte Schwester Miriam und lächelte Schönwies zu.

Blöde Kuh, dachte Erika. Die beschwichtigende Art der molligen Kollegin ging ihr heute auf die Nerven. Ein wenig schnippisch sagte sie: „Wenn ich die Zeit dafür hätte, würde ich das selbstverständlich gerne tun."

„Lassen wir das." Schönwies tippte auf seine Uhr. „Wir haben noch ein anderes wichtiges Thema, das ich gern mit Ihnen besprechen möchte. Frau Knopf ist mit einer Idee zu mir gekommen, die mir eigentlich recht gut gefällt. Frau Knopf, wenn Sie so gut sind!"

„Danke, Herr Direktor", begann die Physiotherapeutin, „ich weiß nicht, wer von Ihnen das Konzept mit Therapietieren bereits kennt?" Sabine Knopf schaute abwartend in die Runde.

Sonja wippte nervös mit dem Fuß und stieß dabei immer wieder gegen Alex' lange Beine.

„Okay." Die Physiotherapeutin räusperte sich. „Es gibt Studien, die beweisen, dass Tiere auf alte Menschen, besonders auf Demenzkranke, einen sehr positiven Einfluss haben."

„Kannst du das bitte lassen?" Alex drehte sich ungehalten zu Sonja.

„Sorry", sagte sie schuldbewusst. „Ich hab geglaubt, das ist das Tischbein."

„Wie?", fragte die Physiotherapeutin irritiert.

„Passt schon, Tschuldigung."

„Also mit Therapietieren – meist sind es Hunde oder Katzen – könnten wir nicht nur die Lebensqualität unserer Patienten verbessern, sondern auch uns insgesamt die Arbeit erleichtern."

„Viecher auf der Station?" Sonja riss entsetzt die Augen auf. „Ich habe eine Tierhaarallergie."

„Lassen Sie die Kollegin bitte erst einmal ausreden", mischte sich der Direktor ein.

„Also, der Ansatz ist aus meiner Sicht so überzeugend, weil die Auswirkungen auf die Patienten mit vergleichsweise wenig Aufwand einfach phänomenal sind. Die Leute werden ruhiger, entspannter, zugänglicher und damit auch einfacher zu betreuen. Und was mir besonders gefällt ist, dass Menschen, die sich schon sehr stark in ihre eigene Welt zurückgezogen haben, plötzlich wieder am Leben teilnehmen. Ihr müsstet einfach nur ihre Gesichter sehen", schwärmte die Physiotherapeutin.

„Aber kosten wird es ja trotzdem etwas", wandte Alex nüchtern ein. „Wenn wir stattdessen Überstunden ..."

„Das ist überschaubar, wirklich. Es gibt sogar spezielle Förderungen für solche Projekte. Das weiß ich von einer Freundin, die auch vom Fach ist."

„Wieso stellen wir stattdessen nicht eine weitere Hilfskraft ein?", fragte Erika. „Das würde uns die Arbeit auch erleichtern."

Schönwies legte die Füllfeder beiseite. „Es geht um Sachkosten, Frau Kollegin. Da haben wir einen gewissen Spielraum. Was die Personalkosten betrifft, sind mir die Hände gebunden. Die von der Landesregierung angekündigten Effizienz- und Effektivitätskontrollen werden früher oder später kommen und es ist zu befürchten, dass im Ergebnis neue Einsparungen und Optimierungsvorschläge herauskommen werden. Wenn es also Maßnahmen gibt, die uns die Arbeit erleichtern und die gleichzeitig finanzierbar sind, dann sollten wir so etwas in Betracht ziehen."

Dann hat er sich eh schon entschieden, dachte Erika gereizt. Sie erinnerte sich an die Debatte über das Wohlfühlzimmer, das Schönwies gegen die Einwände des Personals durchgesetzt hatte. Wozu vergeudete er schon wieder ihre Zeit?

„Ich glaube darüber hinaus, dass wir mit dem Projekt positive Schlagzeilen machen werden. Die könnten wir wirklich gebrauchen“, fuhr der Direktor fort.

„Und wenn ich einen allergischen Schock kriege?“, fragte Sonja.

„Dann wird dich der Nazl von Mund zu Mund beatmen“, witzelte Alex und erntete Gelächter.

„Das wird hoffentlich nicht notwendig sein.“ Schönwies konnte ein leises Zucken seiner Mundwinkel nicht unterdrücken. „Ich möchte jedenfalls einen Probelauf mit dem Projekt starten. Ganz im Sinn unseres Leitsatzes, den Bewohnern und Patienten im Haus die letzten Jahre so angenehm wie möglich zu machen. Letztendlich erwarten das auch die Angehörigen, die uns ihre Verwandten anvertrauen.“

Erika sah während seines Vortrags beim Fenster hinaus. Die Vorstellung von einer Therapiekatze, die auf ihrem Schoß schnurrte, während sie über der Diensteinteilung brütete, erschien ihr eigentlich als ganz verlockend. Sie mochte Tiere und wusste, dass es im Heim viele gab, die ihre Haustiere sehr vermissten.

***

Als Moser nach seinen Pflanzen schaute, traf ihn fast der Schlag. „Verflucht noch einmal!“ Die alte Kerner, die in Schürze und Hausschuhen den Gang entlangschlurfte, zuckte zusammen. „Was ist denn los, Herr Moser?“

„Meine Fingeraralien haben Läuse“, antwortete Moser ungehalten. Dabei war er überzeugt gewesen, dass die Gewächse in der südseitigen Fensternische ganz hinten im Gang besonders gut aufgehoben waren. Die Lichtverhältnisse waren ideal und der Putzfrau hatte er verboten, die Pflanzen auch nur anzurühren. Nun war die ganze Mühe umsonst gewesen. Am liebsten hätte er die Töpfe samt Inhalt aus dem Fenster geschmissen.

„Oje. Aber vielleicht hilft Tabakwasser oder Sie stecken Zündhölzel mit dem Kopf voran in die Erde. Bei Mehltau tät Milch helfen. Am Abend auf die Pflanze sprühen und über Nacht einwirken lassen." Die Alte kam neugierig näher.

Die Pflanzen waren Mosers ganzer Stolz gewesen. Er hatte sie aus Samen gezogen und bis vor wenigen Tagen hatten sie sich auch ganz wunderbar entwickelt.

„Vielleicht war es ihnen da auf der Fensterbank zu kalt? Zu finster kann es nicht gewesen sein. Oder die Luftfeuchtigkeit passt nicht, dann sind sie auch anfällig für Krankheiten."

Moser hatte seine Ohren auf Durchzug geschaltet, er nickte abwesend. Es war wirklich zum aus der Haut fahren. Dabei hatte er sogar schon einen Platz zum Aussetzen der Pflanzen gefunden. An der hinteren Parkmauer, die direkt an den Friedhof grenzte. Dort hätten sie niemanden gestört. Auch später nicht, wenn ihre Blüten diesen ganz speziellen Duft verströmt hätten.

Frau Kerner zog ihn am Ärmel. Offenbar wartete sie auf eine Antwort.

„Wie?"

„Wie dieses Grünzeug heißt, habe ich gefragt."

„Fingeraralien." Moser strich über eines der Blätter. Er bildete sich ein, den würzigen Duft der Pflanze zu riechen, obwohl sie noch keine Blütenstände angesetzt hatten. Wehmütig dachte er an seine letzte Ernte, an das klebrige Harz an seinen Fingern und den Genuss des ersten Zugs, als er das Ergebnis seiner gärtnerischen Bemühungen verkostet hatte.

„Nie gehört." Die alte Frau schüttelte den Kopf. „Aber wenn Sie wollen, schenk ich Ihnen meinen Ficus. Der wird mir ohnehin langsam zu groß. Holen Sie ihn sich selber?"

„Herr Moser, gut dass ich Sie sehe." Angela Schener kam den beiden Hobbygärtnern entgegen. Die Hofratswitwe litt an fortgeschrittenem Morbus Parkinson. Moser hatte sich inzwischen an ihre ruckartigen Bewegungen, die ihn an schlecht geführte Marionetten erinnerten, gewöhnt.

„Herr Moser, ich hoffe, dass Sie nichts dagegen haben. Ich habe meine Zyklame neben Ihre Pflanzen gestellt. Sie will einfach nicht blühen. Ich weiß auch nicht, was ihr fehlt. Aber weil Sie so grüne Daumen haben, habe ich mir gedacht ..."

„Passt schon", knurrte Moser und klappte den Kragen seiner Lederjacke hoch. Wenn die Alte schon seine Pflanzen auf dem Gewissen hatte, brauchte sie ihm nicht auch noch ein Gespräch aufdrängen. Ein Bier wäre jetzt gut.

Plötzlich nahm er aus dem Augenwinkel eine Bewegung unten im Hof wahr. Er reckte den Hals. Was wollte denn der alte Schneebrunzer da? Das Bier musste warten. Moser hatte vorerst Wichtigeres zu tun.

***

„Setzen Sie sich doch zu mir!" Maja kam der Aufforderung gerne nach. Sie hatte sich vor kurzem mit Adele Rosen angefreundet. Ins Gespräch waren sie über die Bilder und Skulpturen im Eingangsbereich des Heims gekommen. Dabei stellte sich heraus, dass Frau Rosen Majas Lebenspartner, den Maler Joe Brandt, gekannt und als Künstler sehr geschätzt hatte. Sie besaß sogar eines seiner Bilder. Das großformatige Werk hatte aber, wie sie bedauerte, nicht in ihre Garçonnière gepasst. Deshalb hing es bei ihrem Sohn in der Villa.

Adele Rosen war über siebzig. Über ihr genaues Alter hielt sie sich bedeckt. Sie legte großen Wert auf ihr Äußeres, ging jeden Dienstag zum Frisör und jeden zweiten Donnerstag zur Maniküre und Pediküre. Heute trug Adele ein lindgrünes Twinset zum dunklen Rock. Sie war dezent geschminkt, hatte Make-up und hellen Lippenstift aufgelegt. Die Lederhandschuhe – Frau Rosen trug fast immer Handschuhe – lagen neben ihrem Kuchenteller.

Im Speisesaal herrschte am Wochenende, wenn die Alten Besuch bekamen, mehr Betrieb als sonst. Der Raum wurde zum Kaffeehaus umfunktioniert. An diesem Sonntag gab es Gugelhupf und Linzerschnitten zur Auswahl.

„Heute ganz allein?“, erkundigte sich Maja, die wusste, dass Frau Rosen einen Sohn und Enkel hatte, die sie regelmäßig besuchten.

„Mein Sohn ist geschäftlich unterwegs.“

„Dann kommt er bestimmt gleich, wenn er wieder da ist“, sagte Maja, um die Freundin zu trösten.

„Ja, ja“, antwortete Adele Rosen kurz angebunden und wechselte dann das Thema. „Sie sind schon sehr flott unterwegs. Wann werden Sie denn dieses Ding endlich los?“ Adele Rosen nickte in Richtung Gehhilfe, die neben dem Sessel stand.

„Ich hoffe bald. Mir geht es ja immer noch zu langsam. Ich möchte hier raus und etwas tun. Dieses ewige

Herumsitzen und warten, dass die Zeit vergeht, macht mich ganz nervös."

„Ich weiß, die Umstellung ist nicht einfach. Aber ich habe den Eindruck, dass Sie sich recht gut eingelebt haben. Leute kennen Sie auch schon einige ...", sagte Adele Rosen und stach mit der Kuchengabel in ihren Gugelhupf.

„Jetzt, wo der Frühling kommt, vermisse ich meinen Garten schon sehr. Die Narzissen und Krokusse haben bestimmt schon ausgetrieben, der Boden gehört längst für die Aussaat vorbereitet und meine Rosenstöcke ..." Maja seufzte.

Adele Rosen winkte die junge Frau, die am Nebentisch servierte, zu sich, um eine zweite Tasse Kaffee zu bestellen. Maja entschied sich für Tee und ein kleines Stück Linzerschnitte. Süßes war immer irgendwie tröstlich. Sie hoffte, dass ihre Galle die fetten Nüsse im Kuchen tolerierte.

„Wären Sie nicht auch lieber daheim und unabhängig, wo man sich den Tag einteilen kann, wie man will, isst, wonach einem gerade der Sinn steht ...?"

Adele legte die Kuchengabel beiseite. „Das habe ich hier doch alles, meine Liebe! Ich führe mein eigenes Leben, falle der Schwiegertochter nicht zur Last. Wenn mir nach Gesellschaft ist, komme ich herüber, wenn ich lieber alleine sein möchte, dann bleibe ich in meiner Wohnung. Im Grunde ist es hier wie in einem Hotel, wo man sich um nichts kümmern muss und doch alles hat."

Das nötige Kleingeld vorausgesetzt – lag Maja auf der Zunge. Sie schluckte den Kommentar.

„Hat sich Ihr Neffe schon gemeldet?", fragte Adele.

„Er ist beruflich im Moment ziemlich eingespannt." Hannes, der Neffe, den Frau Rosen meinte, war der

Sohn von Joes Schwester Sanna. Sie hatte, als Joe seine großen Erfolge feierte und seine Bilder in namhaften Galerien in Berlin, Düsseldorf und sogar Paris ausgestellt waren, mit ihrem Sohn immer wieder über ein paar Wochen bei ihnen gewohnt. Joe hatte Sanna, die Alleinerzieherin war, auch finanziell unter die Arme gegriffen, zumindest bis sich die beiden wegen einer Nichtigkeit zerstritten hatten. Danach war der Kontakt abgebrochen. Hannes hatte sich noch ein oder zwei Mal während seines Studiums blicken lassen. Dann hatte sie ihn erst wieder bei Joes Begräbnis gesehen. Dass Joe seinem Neffen das Haus vererbt hatte, hatte Maja nicht nur überrascht, sondern auch gekränkt. Nach all den Jahren an der Seite des Malers war sie davon ausgegangen, dass er das Haus ihr überlassen würde. Zumindest hatte er ihr ein Wohnrecht eingeräumt. So hatte sie im Haus bleiben können. Die junge Frau brachte Kaffee, Tee und Linzerschnitte.

Maja schwenkte den Teebeutel im heißen Wasser. Der Speisesaal hatte sich zunehmend gefüllt. Der Lärmpegel war gerade noch erträglich. Dennoch musste sich Maja sehr auf die Worte ihrer Tischnachbarin konzentrieren, weil es ihr mit zunehmendem Alter schwerer fiel, Nebengeräusche auszublenden. Dagegen würde auch kein Hörgerät helfen, hatte ihr der Facharzt erklärt.

„Dann wissen Sie also auch nicht, wie es mit dem Projekt vorangeht?“, fragte Adele.

Maja schüttelte den Kopf.

„Sie werden sehen, sobald Sie mehr in die Natur hinaus können, wird es Ihnen hier auch besser gefallen. Man kann so schöne Spaziergänge in der Umgebung machen. Vielleicht sollten Sie auch wieder zu zeichnen anfangen?“ Maja hatte Adele erzählt, dass sie Joe in einer Kommune in San Francisco kennen gelernt hatte und dass sie sich früher selbst als Malerin versucht hatte. Nachdem sie aber eingesehen hatte, dass ihr Talent dafür nicht reichte, hatte sie sich aufs Zeichnen verlegt und Kinderbücher illustriert.

„Ja vielleicht." Maja kostete von ihrer Linzerschnitte. Die Masse zerging ihr förmlich auf der Zunge.

„Guten Tag, die Damen! Wie geht's?" Wie an jedem Sonntag machte Direktor Schönwies am Nachmittag seine Runde durch den Speisesaal, plauderte mit Angehörigen und Pfleglingen und zeigte ein offenes Ohr für Fragen und Anliegen. Dass sein Engagement geschätzt wurde, bewiesen die lächelnden Gesichter, die seinen Rundgang begleiteten.

Aus einem Impuls heraus griff Maja nach Schönwies' Ärmel, als er ihren Tisch passierte. „Herr Direktor, was ist, wenn ich es mir überlegt habe?" Maja war selbst überrascht, wie leicht ihr die Frage über die Lippen kam.

Schönwies blinzelte irritiert. Er roch nach teurem Rasierwasser. „Was überlegt?"

„Es heißt doch immer, dass man alte Bäume nicht verpflanzen soll."

„Gefällt es Ihnen denn nicht bei uns?", erkundigte sich der Direktor.

„Schon!" Maja wollte nicht unhöflich sein und es gab ja auch durchaus Stunden, in denen sie sich hier ganz wohlfühlte.

Schönwies tätschelte Majas Hand: „Geben Sie sich einfach Zeit. An ein neues Leben muss man sich gewöhnen. Außerdem müssen Sie zuerst einmal wieder ganz gesund werden. Das ist die Hauptsache." Er grüßte zu einem der angrenzenden Tische hinüber. „Wenn Sie mich entschuldigen."

Adele schaute dem Direktor nach und wandte sich dann der Freundin zu. „Ist es Ihnen wirklich ernst mit dem Ausziehen?"

„Manchmal geht mir einfach alles auf die Nerven. Die Routine, jeden Tag der gleiche Trott, und erst das Essen. Ich kann schon kein Grießkoch mehr sehen", antwortete Maja und zog eine Grimasse. „Ich bin doch gerade erst achtundsechzig geworden. Was ist, wenn ich hundert werde? Soll ich wirklich ein Drittel meines Lebens in so einer Anstalt verbringen? Wenn ich vorher gewusst hätte ..." Maja unterbrach sich. Sie wollte die Freundin nicht mit ihren Sorgen belasten.

„Ja, ja. So ist es oft mit Entscheidungen. Hinterher ist man immer klüger." Adele lächelte Maja aufmunternd zu. „Ich finde, Sie sollten nichts überstürzen. Über kurz oder lang werden Sie froh sein, dass man sich um Sie kümmert. Das ewige Alleinsein macht mit der Zeit immer einsamer, glauben Sie mir!" Adele Rosen schob ihren Kuchenteller zur Seite und tupfte sich mit der Serviette den Mund ab.

„Haben Sie eigentlich von dem Unfall gehört? Von Mirli, die aus dem Fenster gestürzt ist?", wechselte Maja abrupt das Thema.

„Eine tragische Geschichte." Adele Rosen griff nach der Kaffeetasse. „Das hat unseren Direktor bestimmt auch hart getroffen."

„Wieso?"

„Weil er sie kannte, seit er ein Kind war. Seine Mutter hat Mirli seinerzeit als Küchenhilfe eingestellt." Adele senkte die Stimme. „Solche wie sie mussten froh sein, wenn sie irgendwo Arbeit bekamen. Behindertenwerkstätten und so was gab es ja damals noch nicht. Jedenfalls rechne ich es dem Direktor hoch an, dass er sie hier behalten und wie für ein Familienmitglied für sie gesorgt hat."

„Hat sie denn keine Verwandten?" Moser hatte angedeutet, dass Mirli alleinstehend gewesen war. Aber vielleicht wusste Adele mehr?

„Nein."

„Ich frage mich, was sie mitten in der Nacht in diesem Zimmer wollte?"

„Sie haben Recht. So ein Raum sollte nachts eigentlich versperrt sein. Ich habe gehört, dass die Fenster besser gesichert werden sollen, sodass man sie nur noch mit einem Spezialschlüssel öffnen kann."

Wie im Gefängnis, dachte Maja. Hoffentlich kam es nicht so weit. Sie nahm einen Schluck Tee. „Ein gewisser Moser soll sie gefunden haben. Kennen Sie den?"

„Moser?" In Frau Rosens Stimme lag ein spitzer Unterton. „Ich weiß schon, der mit den langen Haaren. Einer von denen, die nicht alt werden können."

„Finden Sie?"

Adele beugte sich zu Maja hinüber. „Dem würde ich aus dem Weg gehen."

„Warum?"

„Ich will ja nichts gesagt haben, aber man munkelt, dass er ... dass er in Sing-Sing war", flüsterte Adele verschwörerisch. „Haben Sie seine Tätowierungen gesehen?"

Die junge Frau näherte sich mit einem Tablett und stellte ein Glas Prosecco vor Frau Rosen ab. Adele schaute sie verdutzt an. „Das ist von dem Herrn an der Theke. Mit den besten Empfehlungen für die Rose der Rosen, lässt er ausrichten", sagte die Servierkraft. Adele wandte den Kopf und auch Maja drehte sich neugierig um. Bis auf Nazl, der in Begleitung seines Freundes Svoboda neben der Kuchenvitrine lehnte, war niemand zu sehen. Die beiden sahen in ihren grauen Trachtenanzügen aus, als wären sie direkt von einer Versammlung des Kameradschaftsvereins gekommen. „Er dürfte schon gegangen sein“, sagte die junge Frau. „Ich glaube, er hatte es eilig.“

„Ein Verehrer?“, fragte Maja. Adele Rosen errötete und lächelte kokett.

## Drei Wochen später

Maja hatte erstaunliche Fortschritte gemacht. Ihre Blessuren waren zur Gänze verheilt. Sie hatte sich die Haare frisch gefärbt und spürte den Frühling in den Knochen. Es ging wieder aufwärts, davon war sie überzeugt. Schon zum zweiten Mal war sie mit nur einer Krücke zum Pavillon im Park des Altersheims unterwegs.

Das Wetter kam ihr dabei entgegen. Nach einer längeren Regenperiode ließ sich endlich wieder die Sonne blicken.

Vorne bei den Heimgebäuden waren Wiesen mit einzelnen Baumgruppen und Sträuchern angelegt. Auch Blumenbeete gab es dort und Bänke, auf denen man es sich gemütlich machen konnte. Weiter hinten grenzte der weitläufige Park an einen für die Gegend typischen Mischwald. Die Mauer, von der das Areal umgeben war, war stellenweise baufällig. Das Tor zum Wald hin blieb meistens versperrt. Neben der Forsythie legte Maja eine Pause ein. Bei ihrem letzten Besuch waren nur vereinzelt Knospen sichtbar gewesen. Nun leuchteten die goldgelben Blüten des Strauchs mit der Sonne um die Wette. Am Wegrand neben dem Zaun wuchs Scharbockskraut. Die Blätter hatte sie oft für ihren Wildkräutersalat verwendet. Sie waren jedoch nur vor der ersten Blüte genießbar, danach schmeckten sie scharf und enthielten auch Giftstoffe.

Sie versuchte sich an einer Tadasana. Viel zu lange hatte sie ihre Yogaübungen schon vernachlässigt. Sie nahm die Berg-Haltung ein und versuchte, die Stärke, Ruhe und Stabilität, die ihr diese Übung geben sollte, zu spüren. Sie atmete ruhig und gleichmäßig. Ein Rascheln, das von weiter drüben bei den hohen Fichten kam, zog ihre Aufmerksamkeit auf sich. Sie legte den Kopf ein wenig schief, um die Sehschwäche, unter der sie in Folge ihrer Makuladegeneration auf dem rechten Auge litt, auszugleichen.

Dieser Teil des Parks wirkte verwildert. Äste und vermodertes Laub lagen unter den Bäumen, um deren Stämme sich Efeu rankte. Auf den Zweigen einer mächtigen Buche wucherten Misteln. Neben einem der Sträucher bewegte sich etwas. Ein Tier? Es hüpfte rhythmisch vor und zurück. Maja erstarrte, als ihr bewusst wurde, dass das Tier ein Penis war und zu einem onanierenden Mann gehörte. Offenbar genoss er es, Publikum zu haben. Sein Gesicht war von einer Hutkrempe oder Kapuze verdeckt. Er hielt sein Geschlechtsteil demonstrativ in Majas Richtung. Angewidert wandte sie sich ab. Dann spürte sie, wie sich Ärger in ihr breit machte. Was fiel diesem Kerl ein? Was, wenn eine schreckhaftere Frau, als sie es war, oder gar ein Kind hier entlangkam? Sie hob drohend ihre Krücke. „Verschwinde!“ Der Unhold im Gebüsch unterbrach sein Tun – aber nur für einen Augenblick. Majas Drohung hatte ihn anscheinend angespornt. Wäre Maja fit wie früher gewesen, hätte sie ihn vertrieben. In Anbetracht ihrer körperlichen Verfassung blieb ihr jedoch nichts anderes übrig, als ihn zu ignorieren, um ihn nicht weiter zu ermutigen. Sie nahm sich vor, den Vorfall später zu melden.

Ihre Hüfte schmerzte und sie hätte sich gern hingesetzt. Die Strecke zum Salettl war kürzer als die zurück zum Heim, überlegte sie und entschloss sich, ihren Weg fortzusetzen. Zwar war von einem Exhibitionisten im Allgemeinen keine direkte Bedrohung zu erwarten. Sollte er aber dennoch auf dumme Ideen kommen, hatte sie für den Fall der Fälle immer noch ihre

Krücke. Für eine ordentliche Beule würde es schon reichen, schreien konnte sie notfalls auch.

Maja ließ sich Zeit beim Gehen und legte alle paar Schritte eine Pause ein. Immer wieder drehte sie sich um, um nachzuschauen, ob ihr jemand folgte. Nach der nächsten Wegbiegung war das überdachte Gartenhaus endlich in Sicht. Majas Herz schlug augenblicklich schneller, als sie feststellte, dass die Bank, die innen entlang der halbhohen Wand des Salettls verlief, besetzt war. Auf diese Entfernung konnte sie nicht ausmachen, wer dort saß. Sie umklammerte den Griff ihrer Krücke. Gern hätte sie auf der Stelle kehrtgemacht. Doch schmerzte ihre Hüfte dermaßen, dass sie sich hinsetzen musste. Entschlossen arbeitete sie sich weiter zu dem runden Gebäude vor. Als hätte die Person auf der Bank Majas Näherkommen gespürt, wandte sie sich plötzlich um. Maja war erleichtert, als sie den Mann erkannte. Sie grüßte in seine Richtung.

Moser grüßte zurück und kam ihr langsam entgegen. Der würzige Duft, der von ihm ausging, weckte Erinnerungen. Maja ließ sich von Moser über die Stufe helfen und nahm mit einem erleichterten Seufzer Platz. „Ganz schön anstrengend."

„Kann ich mir vorstellen." Moser griff in die Tasche seiner abgetragenen Lederjacke und holte Tabak und Zigarettenpapier hervor. „Was dagegen?", fragte er und hielt den Tabak in die Höhe.

„Nicht, wenn ich auch eine bekomme!" Maja hatte seit Jahren nicht mehr geraucht.

Moser rollte den Tabak geschickt ins Papier. Den Klebestreifen ließ er sie selbst mit der Zunge befeuchten. Dann drückte er ihn an, reichte ihr die Zigarette und drehte eine weitere für sich. Sie bemerkte seine schön geformten Nägel, die er sehr kurz trug, und die

Altersflecken auf seinem Handrücken. Es waren kräftige Männerhände, die bestimmt ordentlich zupacken konnten.

Mit einer lässigen Drehung ließ Moser sein abgegriffenes Zippo-Feuerzeug zuschnappen. Er inhalierte tief. Maja hustete.

„Haben Sie sich schon eingewöhnt?“ Mosers Blick folgte einem Eichhörnchen, das einen Baumstamm hinaufflitzte.

„Geht das denn?“

Moser lächelte amüsiert.

„Je länger ich hier bin, desto mehr glaube ich, dass es einfach nicht passt. Ich bin für solche Zwangsgemeinschaften nicht geschaffen. Ich brauche meine Privatsphäre und außerdem vermisse ich meinen Garten, das Haus, einfach alles.“ Maja biss sich auf die Lippen. Wieso schüttete sie einem Fremden ihr Herz aus?

„Gibt es eine Möglichkeit, können Sie ausziehen?“ Mosers dunkle Stimme hatte einen beruhigenden Klang.

„Ich weiß nicht. Vielleicht weiß der Direktor Rat. Er hat gesagt, dass wir weitersehen, wenn ich erst wieder fit bin.“

„Wieso sind Sie eigentlich hier?“

Maja grinste verlegen. „Ein Unfall. Ganz blöd. Entschuldigen Sie, aber es ist mir irgendwie peinlich.“

Moser schwieg abwartend.

„Ich bin im Jänner von einem Apfelbaum gefallen.“

Moser schnippte die Asche seiner Zigarette über das Geländer. Der Ärmel seiner Jacke rutschte dabei nach hinten und gab den Blick auf eine Tätowierung frei. Es war ein Schriftzug. Maja konnte die Buchstaben nicht entziffern.

„Welche Sorte erntet man um diese Jahreszeit?"

Maja lachte. „Ich hab geträumt, von Joe. Das ist, das heißt, war mein Mann. Er war Maler und ist auf seinem Hocker vor der Staffelei gesessen und hat nach mir gerufen. Schau dir das an, hat er gesagt und dabei auf einen Apfelbaum vor dem Atelierfenster gezeigt. Es war einer dieser Bäume mit den kleinen roten Früchten, die trotz Frost und Kälte noch am Baum gehangen sind. Die Blätter waren längst abgefallen. Die Äpfel haben im Licht der Nachmittagssonne wie Christbaumschmuck geglitzert."

Auch bei Moser wurden bei Majas Erzählung Erinnerungen wach. Sie war so lebendig, so voller Elan, dachte er wehmütig.

„Und dann hat er verlangt, dass ich ihm einen dieser Äpfel vom Baum hole. Was dann genau passiert ist, weiß ich nicht. Ich bin im Krankenhaus aufgewacht. Angeblich hat man mich in Gummistiefeln und im Nachthemd im Garten gefunden. Ich bin wohl von der Leiter gefallen, war stark unterkühlt, hab mir einiges gebrochen und dazu jede Menge Prellungen und blaue Flecken geholt. Hätte mich der Nachbar nicht zufällig entdeckt, wär ich wahrscheinlich erfroren." Maja nickte bekräftigend. „So ist das. Und jetzt sitze ich hier."

Moser beförderte den Stummel seiner Zigarette mit Daumen und Mittelfinger in hohem Bogen auf die Wiese. „Von Schlafwandlern auf Dachfirsten hab ich schon gehört, aber Sie sind der erste, den ich kennen lerne. Ich träume manchmal auch. Aber mehr, als dass ich mit dem Fuß gegen die Wand getreten habe, weil ich für meine Mannschaft einen Elfmeter versenken wollte, ist noch nicht passiert." Moser grinste.

Maja warf ihre Zigarette ebenfalls auf die Wiese und schob ihre klammen Finger in die Ärmel ihres Mantels.

„Ist Ihnen kalt? Soll ich Sie zurückbegleiten?"

„Wie war das eigentlich, als sie die Mirli gefunden haben?", fragte Maja unvermittelt.

„Kein schöner Anblick", sagte Moser knapp.

Maja war bis jetzt keinen Zentimeter weitergekommen. Das Wohlfühlzimmer war seit dem Unfall versperrt. Angeblich sollte es umgestaltet werden. Mit ihren Fragen war sie bei den Mitbewohnern auf Unverständnis gestoßen und auch Schwester Erika hatte sie abgewimmelt und ihr geraten, sich lieber mit etwas Erfreulicherem zu beschäftigen. „Wo genau ist sie gelegen?"

„Auf der Seite vom Haupthaus, die zum Park hin geht. Neben dem Haus sind gleich die Blumenrabatten. Ihr Genick war gebrochen. Das habe ich aber erst gemerkt, als ich sie berührt hab." Moser wandte sich ab und strich sich eine Haarsträhne hinters Ohr.

„Sonst ist Ihnen nichts aufgefallen?"

„Sie fragen ja wie ein Privatdetektiv", witzelte Moser.

Maja blieb ernst.

Moser überlegte. „Nein", sagte er nach einer Weile, „eigentlich nicht." Er räusperte sich. „Oder vielleicht doch. Ich hab mich gewundert, warum ihr Stoffhund drüben bei den Ribiselsträuchern liegt. Das ist doch ein Stück von den Blumenbeeten entfernt."

„Glauben Sie, dass jemand nachgeholfen hat?"

Moser stutzte. „Wie kommen Sie darauf?"

„Ist nur so ein Gedanke. Ich frage mich halt, wieso ein erwachsener Mensch aus dem Fenster fällt. Dazu muss man doch wenigstens auf die Fensterbank klettern und warum sollte sie so etwas tun?" Sie fixierte das weiße Haar, das aus Mosers rechtem Nasenloch wuchs. Gerne hätte sie es ausgezupft.

„Ich habe keine Ahnung“, sagte Moser. „Aber wenn sie direkt im Beet gelandet wäre, würde sie wahrscheinlich noch leben.“

„Glauben Sie, dass sie beim Sturz geschrien hat?“

„Weiß nicht. Gut möglich. Haben Sie was gehört?“

„Ich bin mir nicht sicher. Vielleicht habe ich auch nur schlecht geträumt.“ Maja stemmte die Hände in den Rücken und streckte sich. Es war erschreckend, wie steif sie seit ihrem Unfall geworden war.

„Aha“, sagte Moser lapidar. „Ich hab sie am Tag vorher noch getroffen. Genau da“, er zeigte auf die gegenüberliegende Seite des Pavillons, „ist sie gesessen und hat Weingummi genascht. Wenn ich gewusst hätte, dass ich sie da zum letzten Mal lebendig sehe ...“

„Weingummi?“, unterbrach Maja. Sie dachte an das orangerote Ding, das sie beim Blumenbeet gefunden hatte.

„Ja. Sie war ganz narrisch auf dieses Gummizeugs.“

„Und wer hat ihr so was geschenkt?“

Moser zuckte die Achseln. „Sie stellen vielleicht Fragen. Wieso wollen Sie das eigentlich alles wissen?“

„Weil ich eine neugierige alte Frau bin“, versuchte Maja zu scherzen. „Begleiten Sie mich jetzt zurück?“

Moser musterte sie nachdenklich und bot ihr dann seinen Arm an. „So geht es leichter.“ Seine Stiefel waren an den Spitzen fleckig, die ausgewaschenen Jeans am Saum ausgefranst. Adele Rosens Worte kamen Maja in den Sinn – einer von denen, die nicht alt werden können. Was war falsch daran?

Auf dem Rückweg schwiegen beide. Moser, weil er seinen Gedanken nachhing, und Maja, weil ihr das Gehen schwerfiel. Außerdem musste sie die Sträucher im Auge behalten. Aber der Exhibitionist schien einen anderen Ort für seine Betätigung gefunden zu haben.

***

„Bin ich froh, dass Sie mich gleich angerufen haben. Wie kommt Maja denn auf die Idee, dass sie wieder heimkann?“ Der junge Mann rutschte nervös auf seinem Sessel hin und her.

„Sie sagt, dass sie es sich überlegt hat und dass so ein Heim doch nichts für sie ist.“

„Und das Projekt?“, fragte der junge Mann. „Sie war total begeistert, als der Landesrat zugesagt hat, den Bau von Joes Gedenkstätte zu fördern. Genau deswegen hat sie ja auch auf ihr Wohnrecht verzichtet. Ihr Traum sollte endlich Wirklichkeit werden. Sie wollte ins Altersheim. Erinnern Sie sich nicht?“

So baut sich jeder seine eigene Realität, dachte Schönwies, während er die Spitze seiner markanten Nase knetete. Sicher hatte sich Maja Berg gewünscht, dass die Arbeit ihres Lebenspartners nach dessen Tod entsprechend gewürdigt wurde, dass sein Wirken nicht aus dem Gedächtnis der Menschen in seiner Heimat verschwand. Doch was den Auszug aus ihrem Haus betraf, hatte es einiger Überredungskunst des Neffen und eines ärztlichen Gutachtens bedurft. Zugegeben – das hatte er ihm für eine kleine Gegenleistung vermittelt, so wie den Notariatsakt. Dass der wasserdicht war, davon konnte man ausgehen.

Im Büro des Direktors war es gemütlich warm. Es duftete nach frischem Kaffee. Regen prasselte schon seit den Morgenstunden auf die Fensterbank. Die Bäume im Park waren in milchigen Nebel gehüllt. „Haben Sie Ihre Tante eigentlich schon besucht?“

Der junge Mann schaute den Direktor irritiert an. Er zögerte. „Es war noch keine Gelegenheit dazu. Ich hab momentan echt viel zu tun."

Keine Gelegenheit, in mehr als zwei Monaten, dachte Schönwies. Er wusste, was er von solchen Geschichten zu halten hatte. „Sie sollten mit ihr reden!"

„Die ist doch stur wie ein Muli!", sagte Krischanitz aufbrausend.

Schönwies setzte seine Lesebrille ab. Seine grünen Augen musterten den jungen Mann durchdringend.

Hannes Krischanitz wandte sich ab und kramte in seiner Jacke. „Etwas dagegen?"

Schönwies schob ihm den Aschenbecher hin. Er hätte selbst gern ein Zigarillo geraucht, verkniff es sich aber. „Frau Berg weiß recht genau, was sie will." Der Direktor konnte sich einer gewissen Sympathie für die Lebensgefährtin des Malers nicht erwehren. „Sie wird immer mobiler. Noch ist sie auf Krücken angewiesen, aber die Physiotherapeutin meint, dass sie bald ohne Gehhilfen auskommen wird."

„Und?" Majas Fortschritte kümmerten Krischanitz herzlich wenig.

„Sie meint, wenn sie wiederhergestellt ist, dann kommt sie auch sehr gut allein zurecht."

„Erstens gehört das Haus jetzt ganz mir. Der Notar, den Sie mir vermittelt haben, als Maja im Krankenhaus war, hat mir versichert, dass es an Majas Verzicht nichts mehr zu rütteln gibt. Zweitens geht es nicht nur um ihre Mobilität." Krischanitz saugte gierig an seiner Zigarette. „Sie ist mit allem überfordert. Das Haus ist riesig und es gehört einiges repariert. Die Stromleitungen sind teilweise hinüber, der Fußboden in der Küche ist morsch und das Dach ist auch undicht."

Schönwies genoss den letzten Schluck seines Espressos und leckte sich über die Lippen. „Nicht dass ich den Teufel an die Wand malen will, aber was ist, wenn Frau Berg vor Gericht geht und behauptet, dass sie zum Zeitpunkt des Verzichts die Folgen nicht abschätzen konnte? Immerhin hat sie knapp davor diesen Unfall gehabt. Ich weiß nicht, wie ein Richter entscheiden würde." Der Direktor beobachtete Krischanitz aus den Augenwinkeln.

„Aber die spinnt doch!" Der junge Mann war von seinem Sessel aufgesprungen. „Sie hat hier oben", Krischanitz tippte sich an die Stirn, „nicht mehr alle beisammen, glauben Sie mir. Sie wird immer eigener. Die Nachbarn sagen, dass sie im Sommer nackt im Garten duscht und am Nachmittag noch im Schlafrock durch die Gegend läuft. Letzten Herbst ist sie mitten in der Nacht bei der Gartenarbeit gesehen worden und allein der Unfall, wegen dem sie hier ist, sagt doch eigentlich alles."

„Nur als sie damals unterschrieben hat, hat der Arzt bestätigt, dass sie im Vollbesitz ihrer geistigen Kräfte ist, wie es so schön heißt", brachte ihm Schönwies in Erinnerung.

„Umso besser. Dann hat sie vor Gericht sowieso keine Chance." Krischanitz grinste triumphierend.

„Wollen Sie es wirklich drauf ankommen lassen?"

Schönwies' Frage wischte das Grinsen aus dem Gesicht des jungen Mannes. „Bestimmt nicht!", sagte er mit Nachdruck und klopfte dazu mit den Fingerknöcheln auf die Tischplatte. „Die Wahrheit ist, dass Maja spinnt. Sie war schon immer wunderlich und dieser Sturz hat ihr vermutlich den Rest gegeben. Oder was meinen Sie? Sie sind doch der Experte!" Krischanitz dämpfte seine Zigarette aus.

„Worauf wollen Sie hinaus?“ Schönwies blätterte in den Unterlagen, die er aus einem Ordner genommen hatte.

„Leute wie Maja muss man vor sich selber schützen. Kann man sie nicht entmündigen? Das wäre für alle Beteiligten das Beste. Glauben Sie mir. Die Frau ist plemplem, vielleicht hat sie sogar Alzheimer.“

„Und Sie hätten gern, dass wir Ihre Tante hier behalten?“

Hannes Krischanitz nickte heftig. „Sicher. Immerhin habe ich Ihnen damals auch ein Bild ...“

„Wenn Sie an eine Entmündigung denken, gibt es dafür eigene Untersuchungen“, unterbrach ihn Schönwies. Dass Doktor Heschler, der die Heiminsassen medizinisch betreute, in solchen Dingen durchaus gesprächsbereit war, band er Krischanitz nicht auf die Nase. Der Arzt freute sich über jedes Extrahonorar, das ihm die Kreditrückzahlungen für sein Haus erleichterte. „Natürlich wird auch das Umfeld befragt. Aber noch was anderes“, Schönwies räusperte sich, „wie ich aus den Unterlagen ersehe, bekommt Frau Berg nur eine kleine Pension. Die wird wahrscheinlich nicht ausreichen, um die Kosten für die Unterbringung in unserem Haus zu decken. Ich nehme an, wenn man sie überzeugen kann, dass sie hier bleiben muss, wird sie in eine der kleinen Wohneinheiten ziehen wollen.“

Krischanitz schnaubte wie ein Drache, der demnächst Feuer spucken würde. „Wenn sie es sich nicht leisten kann, wird sie in einem Mehrbettzimmer bleiben müssen. Ich bin nicht mit ihr verwandt und zahl ganz bestimmt nicht für ihre Unterbringung. Sie hat sich lange genug in meinem Haus breit gemacht. Irgendwann ist einfach Schluss!“

Der Direktor dehnte seinen Nacken. Er musste etwas gegen die Verspannungen tun. „Wir sind eine teilprivate Einrichtung und müssen kostendeckend arbeiten. Man könnte eine Entschädigung einklagen, weil Frau Berg auf ihr Wohnrecht verzichtet hat. Solche Prozesse haben oft Erfolg."

Hannes Krischanitz' dunkle Augen verengten sich. „Dann steck ich sie in ein anderes Heim!"

„Gegen ihren Willen wird das schwierig werden. Außerdem ist es gar nicht so einfach, einen Platz zu bekommen. Die Wartelisten sind ziemlich lang." Schönwies strich sich über sein glatt rasiertes Kinn. Er war am Vormittag beim Frisör gewesen, wo er sich alle vierzehn Tage die Haare schneiden ließ und sich außerdem eine Nassrasur samt anschließender Gesichtsmassage gönnte.

„Ich brauche das Haus für das Projekt. Kann man denn wirklich nichts tun?", fragte Krischanitz nun fast flehentlich.

„Wie gesagt, es kommt auf Ihre Tante an. Wenn sie mit Argumenten nicht zu überzeugen ist, könnte man sie untersuchen lassen, und darüber hinaus ist es eine Frage der Finanzen."

„Die Untersuchung zahl ich. Kein Problem. Daran soll es nicht scheitern. Wenn das Ergebnis stimmt, leg ich auch gern noch etwas drauf. Wenn Sie verstehen, was ich meine." Krischanitz sah den Direktor abwartend an.

Schönwies griff nach der Kolbenfüllfeder, die neben seinem Tischkalender lag. Er drehte sie zwischen den Fingern. „Wie viel hat die Versteigerung dieser Variation in Grün gebracht? Das waren damals noch Schilling. Zwölftausend?", fragte er übergangslos. Auf der Fensterscheibe lief ein Wassertropfen zielstrebig in Richtung Fensterbrett.

„Einem Liebhaber war das Bild einiges wert."

„Eben!", nickte der Direktor.

Ein Funke von Erkenntnis huschte über Krischanitz' blasse Züge. „Sie mögen seine Werke wohl sehr?"

„Sie wissen, dass ich kunstinteressiert bin." Der Direktor verkniff sich ein triumphierendes Grinsen. Menschen wie dieser Krischanitz waren leicht zu lenken. Er war gespannt, wie lange es dauern würde, bis der junge Mann mit einem der Bilder Joe Brandts auftauchen würde, um einen weiteren Handel mit ihm abzuschließen.

„Sie melden sich wieder." Schönwies stand auf, um deutlich zu machen, dass das Gespräch aus einer Sicht vorerst beendet war. Er schüttelte seinem Gast die Hand.

Ein wenig verdattert, aber durchaus nachdenklich verließ Krischanitz das Büro.

## Zwei Tage später

„Ich weiß, dass ich keinen Termin habe, aber es dauert auch nicht lange!“ Maja war entschlossen, sich diesmal nicht abwimmeln zu lassen. Schon letzte Woche war sie vertröstet worden und Anfang dieser Woche hatte ihr die Sekretärin gesagt, der Direktor würde sich bei ihr melden. Nun war bereits Freitag und sie hatte noch immer nichts von ihm gehört.

„Gut, ich schau nach, ob er Zeit hat“, gab sich Schönwies' Sekretärin geschlagen. Die junge Frau klopfte an die Tür des angrenzenden Zimmers, bevor sie darin verschwand. Nach wenigen Augenblicken war sie wieder zurück und deutete Maja, sie möge hineingehen.

Schönwies war von seinem wuchtigen Bürosessel aufgestanden.

„Liebe Frau Berg, nur hereinspaziert!“, begrüßte er Maja jovial. „Ich habe natürlich nicht auf Sie vergessen, aber im Moment ...“ Er deutete vage auf den ausladenden Schreibtisch, auf dem sich Akten, Broschüren und Zeitschriften türmten. „Bitte setzen Sie sich. Möchten Sie vielleicht etwas trinken? Einen Kaffee, ein Glas Wasser?“

Maja verneinte, nahm auf dem Besuchersessel vor dem Schreibtisch Platz und lehnte ihre Krücke an die Tischkante.

„Was kann ich denn für Sie tun?“ Der Direktor rückte seinen Sessel zurecht und legte die verschränkten Finger auf die grüne Schreibunterlage, die einen Teil der Tischfläche bedeckte.

Maja hatte sich zwar genau überlegt, wie sie das Gespräch anlegen wollte. Nun aber, da Schönwies' grüne Augen auf ihr ruhten, wollten ihr die vorbereiteten Worte nicht mehr einfallen. Außerdem war es im Büro des Direktors ziemlich warm. Die Fenster waren geschlossen. Auf den Scheiben, die der Wetterseite zugewandt waren, klebte Blütenstaub. Sie lockerte den Gürtel ihrer Strickjacke und fiel dann direkt mit der Tür ins Haus. „Wie geht es jetzt weiter? Ich habe ja schon gesagt, dass ich gern in meine eigenen vier Wände zurückmöchte."

„Liebe Frau Berg, ich kann mir gut vorstellen, dass es nicht einfach ist, sich umzustellen, mit all den neuen Leuten in einem ganz neuen Umfeld zurechtzukommen, überhaupt ..."

„Aber ich bin doch halbwegs selbstständig. Warum sollte ich der Allgemeinheit zur Last fallen und einen Pflegeplatz besetzen, den vielleicht ein anderer viel dringender braucht?", unterbrach Maja den Direktor ungeduldig. „Außerdem gibt es mobile Pflegedienste und andere Hilfen und man sagt doch heutzutage, dass es besser für alte Leute ist, wenn sie in ihrer gewohnten Umgebung bleiben."

„Da haben Sie im Grunde Recht", stimmte ihr der Direktor zu.

Maja kämpfte mit einem siegessicheren Grinsen. Alles was es brauchte, waren offenbar nur die richtigen Argumente.

„Das Problem ist nur, dass Sie bereits eine Entscheidung getroffen haben – nämlich für ein altersgerechtes Wohnen hier bei uns. Ich bin überzeugt, dass dieser Entschluss auf längere Sicht richtig war."

„Das hab ich auch gedacht", sagte Maja leise. „Nach dem, was mir der Arzt damals im Krankenhaus gesagt hat, hätte ich gut als Pflegefall im Rollstuhl enden können. Sie wissen ja selber, dass die Prognose schlecht war. Außerdem hat mir Hannes keine Ruhe gelassen." Maja beugte sich zu Schönwies vor. „Sie müssen mir helfen, Herr Direktor. Ich passe einfach nicht hierher“, fügte sie eindringlich hinzu.

Schönwies musterte sie gelassen. „Und die Gedenkstätte mit dem Kulturzentrum?“

Maja straffte ihre Schultern. „Natürlich will ich, dass es gebaut wird. Ich könnte dort viel beitragen, die Leute herumführen und so. Niemand hat Joe besser gekannt als ich.“

„Was hindert Sie daran, das von hier aus zu tun?“

„Das ist doch nicht dasselbe“, wehrte Maja ab.

Der Direktor verlor langsam die Geduld. Er warf einen Blick auf die Uhr und schlug einen geschäftsmäßigeren Tonfall an. „Soviel ich weiß, waren Sie nach Ihrem Unfall gar nicht in der Lage, in Ihrem Haus zu wohnen. Es ist nicht behindertengerecht und wenn irgendetwas ist, dann ...“

Woher wusste Schönwies das? „Waren Sie dort?“

Der Direktor deutete auf eine Mappe. „Das weiß ich aus den Unterlagen.“

„War Hannes hier?“

„Hannes?“ Schönwies schaute Maja fragend an.

„Hannes Krischanitz, der Neffe meines verstorbenen Lebensgefährten. War er da?“

„Wir haben miteinander gesprochen“, sagte der Direktor ausweichend. „Hat er sich denn nicht bei Ihnen gerührt?“

„Er will mich loswerden, egal wie, stimmt’s?“ Maja spürte, wie der Ärger in ihr hochstieg.

Der Direktor griff nach ihrer Hand. Seine Finger waren trotz der Wärme im Raum kühl.

„Frau Berg, schauen Sie“, begann er. „Sie kennen Ihren Neffen bestimmt besser als ich, aber unterstellen Sie ihm nicht von vornherein gleich das Schlimmste. Als ich mit ihm gesprochen habe, war er sehr um Sie besorgt.“

Maja lachte abschätzig und entzog dem Direktor ihre Hand.

„Ehrlich. Glauben Sie mir. Auf meine Menschenkenntnis kann ich mich verlassen", versuchte Schönwies sie zu überzeugen. „Ihr Neffe meint, dass Sie hier bei uns bestimmt besser aufgehoben sind."

Maja fühlte sich überrumpelt. „Es ist mir wurscht, was Hannes meint!"

Schönwies räusperte sich. „Abgesehen von der rechtlichen Seite sagt Ihr Neffe auch, dass das Haus in einem sehr schlechten baulichen Zustand ist und dass viel repariert gehört."

Maja verzog ärgerlich das Gesicht. „Dann soll er endlich etwas investieren. Jahrelang hab ich darauf gewartet, dass er das Dach herrichten lässt. Das hab ich nun von meiner Gutmütigkeit. Außerdem, so schlimm, wie Sie jetzt tun, ist es auch wieder nicht!"

Der Direktor zuckte die Achseln. „Ihr Neffe behauptet, dass das Haus nicht bewohnbar ist. Ich war nicht dort. Ich kann dazu leider nicht mehr sagen."

„Trotzdem muss es eine Lösung geben." Maja hatte auf stur geschaltet. „Ich will heim!"

Schönwies runzelte die Stirn. Nach einer Pause sagte er: „Frau Berg, Tatsache ist, Sie haben kein Wohnrecht mehr! Sie können nicht zurück, verstehen Sie das? Natürlich können Sie ausziehen, jederzeit. Niemand kann Sie hier gegen Ihren Willen festhalten. Aber die Frage ist, wohin? Haben Sie sich da schon etwas überlegt?"

***

Doktor Ranner hatte Adele Rosen schon erwartet. Um Tratsch zu vermeiden, trafen sich die beiden bei der kleinen Brücke unweit der Ortstafel. Adele hatte sich diesmal beim Zurechtmachen besondere Mühe gegeben. Ihre Dauerwelle war sorgfältig frisiert. Sie hatte zum Nagellack passenden Lippenstift aufgelegt, die Brauen nachgezogen und sogar ihre Wimpern getuscht. Zur Feier des Tages trug sie unter dem Staubmantel ein taubengraues Strickensemble, mit dem der Saphiranhänger ihrer Halskette und die dazugehörenden Ohrringe perfekt harmonierten.

Ranner begrüßte sie mit einem angedeuteten Handkuss und reichte ihr galant den Arm. Er war zwar fast im selben Alter wie Adele, beruflich jedoch noch immer aktiv. „Mir macht die Arbeit einfach zu viel Spaß. Ich möchte meinen Beitrag leisten, solange ich kann“, hatte er Adele erklärt. „Untätigkeit war noch nie mein Ding. Außerdem sind meine Klienten froh, dass ich ihre Angelegenheiten weiterhin für sie regle und sie sich nach keinem neuen Notar umschauen müssen.“ Er passte seine Schritte Adeles Tempo an. „Sie sehen hervorragend aus, meine Liebe!“

„Vielen Dank“, sagte Adele errötend. Der elegante Mann an ihrer Seite gefiel ihr. Er war einen Kopf größer und ebenso schlank wie sie. Sein Erscheinungsbild war tadellos und er duftete angenehm nach einem herben Parfum. Ihr Kennerblick registrierte, dass weder der helle Mantel noch der Anzug, den er darunter trug, von der Stange stammten. Auch seine Schuhe waren maßgefertigt, davon war sie überzeugt.

„Haben Sie Lust auf einen kleinen Spaziergang am Fluss?“

„Mir ist alles recht“, lächelte Adele kokett.

Ranner dirigierte Adele Rosen zu seinem Wagen. Er wartete, bis sie eingestiegen war, setzte sich dann hinter das Steuer des schwarzen Mercedes und startete.

So schön kann das Leben sein, dachte Adele und schmiegte sich in den Ledersitz.

Ranner fuhr zügig. Der Wagen glitt unter Baumkronen die Landstraße entlang. Das Spiel von Licht und Schatten warf Muster auf die Scheiben. Viel zu schnell war die Fahrt für Adeles Geschmack vorüber.

Der Parkplatz war fast leer, was während der Arbeitswoche nicht weiter verwunderlich war.

„Herrlich." Adele atmete tief durch. Der Wind trug den Geruch nach frisch geschnittenem Holz und feuchter Erde in ihre Richtung. Die Sonne spiegelte sich in den Fluten. Enten schaukelten auf dem Wasser. Auch Ranner schien den Ausflug zu genießen. Er summte vergnügt vor sich hin.

Ein Lastenkahn, der sich energisch durch die Wellen pflügte, störte schließlich die Idylle. Frau Rosen und ihr Begleiter sahen zu, wie das Schiff an ihnen vorbeizog, und steuerten dann eine Bank auf der Uferpromenade an. Wenig später saßen sie, einträchtig wie ein altes Ehepaar, nebeneinander. Adele holte ihre Sonnenbrille aus dem Etui. Durch die getönten Gläser erschienen ihr die Farben noch intensiver.

„Ich habe mich umgehört. Ich glaube, ich habe da etwas für Sie", begann Ranner.

Adele lockerte ihr Halstuch. Der Saphiranhänger glitzerte in der Sonne.

Ranner wandte sich ihr zu. Sein dichtes dunkles Haar war lässig nach hinten gekämmt. Seine Haut war gebräunt, was ihn noch vitaler erscheinen ließ. „Die Sache ist todsicher. Das sagt mir nicht nur mein Instinkt." Ranner tippte sich an die Nase. „Ich habe eine vertrauliche Quelle, auf die ich mich verlassen kann."

Obwohl Adele gern noch länger in der harmonischen Zweisamkeit mit ihrem charmanten Begleiter geschwelgt hätte, gefiel es ihr auch, dass Ranner sich über den Inhalt ihres letzten Gesprächs Gedanken gemacht hatte.

„Sie haben mir doch erzählt, dass Ihre Enkeltochter ein Faible für Frankreich und die Franzosen hat."

Adele nickte. „Ja, Beatrice liebt das Land, seit sie ein Auslandssemester in Paris studiert hat. Mit der Stelle in der Bretagne, um die sie sich, wie Sie sich vielleicht erinnern, beworben hat, hat es zwar leider nicht geklappt, aber sie hat mittlerweile eine Zusage von einem internationalen Konzern in Nizza", strahlte sie.

„So ein Zufall. Das ist ja unglaublich!" Ranner zog mehrere dünne Prospekte aus der Innentasche seines Mantels. „Das Projekt, von dem ich meine, dass es genau Ihren Wünschen gerecht wird, liegt sozusagen um die Ecke – in Monaco." Ranner beugte sich vertraulich zu ihr. „Sie wissen schon, Grace Kelly, die Grimaldis und was das Wichtigste ist: Monaco ist *das* Steuerparadies. Ideal, wenn man etwas Geld sicher anlegen möchte."

Adele runzelte skeptisch die Stirn. „Aber ist das nicht was für Leute, die über wirklich großes Kapital verfügen?"

Ranner schüttelte den Kopf. „Ganz und gar nicht, meine Liebe." Er schmunzelte. „Es kommt immer darauf an, was man aus einer Sache macht." Er faltete eines der Prospekte auseinander. „In unserem Fall handelt es sich um eine garantiert krisensichere Anlageform mit einer guten Rendite. Etwas Vergleichbares gibt es auf dem heimischen Markt nicht. Das dürfen Sie mir glauben. Außerdem schlagen Sie damit gleich zwei Fliegen mit einer Klappe."

Adele hatte ihre Sonnenbrille abgenommen und hörte Ranner aufmerksam zu.

„Erstens helfen Sie Ihrer Enkeltochter, sich eine Existenz aufzubauen. Die Anschaffungskosten werden über die Mieteinnahmen abgedeckt. Ihre Enkeltochter kann natürlich auch selbst in dem Appartement wohnen und wenn sie die Wohnung nicht mehr will, wird sie keine Probleme haben, einen Käufer zu finden. Die Gegend ist begehrt. Es ist nahezu unmöglich, eine Wertsteigerung zu verhindern." Ranner drehte das Werbeprospekt um. „Und zweitens bringen Sie Ihr Geld in Sicherheit. Wenn bekannt wird, dass es bei Ihnen noch etwas zu holen gibt, werden die Behörden nicht lange zögern. Sie wissen, dass Pflegeplätze teuer sind und auch die Ausgaben für die Gesundheitsversorgung steigen. Die Selbstbehalte sind jetzt schon hoch."

„Da haben Sie Recht", stöhnte Adele in Erinnerung an die letzte Krankenkassenabrechnung, die ihr Sohn ihr präsentiert hatte.

Ranners Siegelring, den er am kleinen Finger trug, blitzte auf. Er drückte Adeles Arm. „Das ist eine tolle Sache." Er zeigte auf eines der Fotos im Prospekt. „Hier sieht man die Bauten und hier hinten kann man sich die Grundrisse anschauen. Die Wohneinheiten sind unterschiedlich groß."

Adele steckte die Sonnenbrille in ihre Dauerwelle und studierte das Prospekt. Sie ließ sich von Ranner die verschiedenen Wohnungstypen erklären.

Ranner hielt ihr ein weiteres Prospekt hin. „So kann man sich das Ganze dann eingerichtet vorstellen. Selbstverständlich kann man die Appartements auch selbst möblieren."

„Das sieht sehr nett aus. Wer weiß, vielleicht gönne ich mir dort einmal einen Urlaub?"

„Ich würde Ihnen ja gerne eine Musterwohnung zeigen oder wenigstens die Baustelle. Ich fliege nämlich nächste Woche hin." Ranner legte die Prospekte auf seinen Schoß.

Adele Rosen setzte die Sonnenbrille wieder auf ihre Nase. Sie hielt ihr Gesicht in die wärmenden Strahlen. Sie hätte Sonnencreme mitbringen sollen. „Wir beide an der Côte d'Azur. Das wäre was." Adele kicherte.

„Bestimmt schön", sagte Ranner leise. Hörte Adele da einen zärtlichen Unterton? Ihre Augen folgten einem Stück Treibholz, das im Fluss vorbeischaukelte. Als Kind hatte sie mit ihrer Schwester flache Kiesel um die Wette über die Wasseroberfläche hüpfen lassen. Ob sie das heute noch könnte?

„Vielleicht wollen Sie sich doch erst lieber mit Ihrer Familie beraten?", unterbrach Ranner ihre Gedanken.

„Mit meinem Sohn? Nein. Das ist keine gute Idee." Adele schüttelte entschlossen den Kopf. „Er torpediert meine Selbstständigkeit, wo er nur kann. Am liebsten wäre es ihm, wenn ich endlich zu ihm ziehe. Aber ich brauche meine Unabhängigkeit", sagte Adele bestimmt.

„Verstehe." Ranner schob das Werbematerial in seine Manteltasche. „Gehen wir zurück? Das Lokal, von dem ich gesprochen habe, ist nicht weit vom Parkplatz."

Adele nahm ihre Handtasche und hakte sich wieder bei Ranner ein. „Das Projekt hört sich fantastisch an. Aber Sie haben noch gar nichts über die Kosten gesagt."

In Ranners Stimme schwang Begeisterung, als er die Vorteile der Anlage wiederholte.

„Bekommen Sie Provision?", scherzte Adele.

„Sie glauben doch nicht etwa, dass ich Ihnen etwas aufschwatzen will?", antwortete er gekränkt.

„Nein, nein", versuchte Adele die Stimmung zu retten. „Wie ist das also mit der Finanzierung?"

Ranner lächelte und zeigte dabei sein gepflegtes Gebiss. Der Sand des Uferwegs knirschte unter seinen

Sohlen. „Das ist bestimmt kein Problem. Die Anzahlung ist variabel, über die Raten kann man auch reden. Ich bin Ihnen dabei sehr gern behilflich.“ Ranner deutete auf eine Hinweistafel am Wegrand. *Zum Donauweibchen* – war darauf zu lesen. „Wir sind gleich da.“

„Und diese Anzahlung, in welchem Rahmen bewegt sich die?“

„So ab dreißigtausend Euro sind Sie dabei. Wenn Sie mehr auslegen können, ist es in Summe günstiger.“

Adele überschlug ihre finanzielle Lage in Gedanken. Auf dem Sparbuch, das sie an die Unterseite der letzten Lade ihrer Kommode geklebt hatte, war sogar noch ein wenig mehr. Vielleicht sollte sie die Gelegenheit wirklich beim Schopf packen?

„Wenn Sie wollen, machen wir einen Finanzierungsplan. Sie werden sehen, das beruhigt. Da hat man dann alles im Überblick und dazu die Sicherheit, dass man alle Risiken im Griff hat.“

Adele spielte gedankenverloren mit ihrem Saphiranhänger. Sie betrachtete Ranner von der Seite. Der Mann erschien ihr vertrauenswürdig. Außerdem war er Notar. Da sollte eigentlich nichts schiefgehen. „Können Sie mir so einen Vorvertrag zeigen?“

„Gerne“, sagte Ranner. „Aber erst einmal gönnen wir uns ein gutes Glas Wein.“

***

Wie betäubt schleppte sich Maja den Gang entlang. Ihr Herz raste, ihre Gedanken drehten sich im Kreis. Es war, als prallten sie gegen eine unsichtbare Wand, an der sie abrutschten wie ein Insekt, das verzweifelt aus einem Wasserglas entkommen will. Die Alltagsgeräusche drangen gedämpft, wie durch eine Watteschicht, zu ihr. Sie nahm sie ohnehin kaum wahr. Ihr Innerstes drohte zu implodieren, während es gleichzeitig, wie die von der Schlange hypnotisierte Maus, auf der Stelle verharrte. Ein Teil von ihr wäre gern weggelaufen, um vor dieser angespannten Unruhe zu flüchten. Doch es gab kein Entkommen. Die Last der Erkenntnis, die schwer auf ihre Seele drückte, machte jeden Schritt zur Qual und bereitete ihr Atemnot – als würden sich Hände um ihren Hals legen und ihr die Luft abschnüren. Maja atmete schwer.

Die Worte des Direktors waren mehr als deutlich gewesen. Während sie in Schönwies' Büro gesessen war, hatte sie sich um Haltung bemüht. Nun waren ihre Schultern nach vorne gesunken und sie kippte immer mehr in eine tiefe Verzweiflung.

Dass sie mit der Krücke gegen ein Hindernis stieß, bemerkte sie zunächst gar nicht. Erst ein paar Schritte weiter hielt sie inne und wandte sich langsam um. Es war die Tür zum Wohlfühlzimmer, die einladend halb offen stand. Ihre Beine schlugen wie von selbst die Richtung ein. Sie betrat den Raum und zog die Tür hinter sich zu. Dabei fiel ihr auf, dass das Schloss von innen mit einem Drehknopf versperrbar war.

Die untergehende Sonne schickte die letzten Strahlen durchs Fenster und ließ das pastellige Rosa der gegenüberliegenden Wand leuchten. Die beige Couch davor passte farblich perfekt dazu. Die Zierpolster in sattem Altrosa waren ein Blickfang, der hochflorige Teppich dämpfte die Schritte. Maja lehnte sich an den Fauteuil neben der Couch und betrachtete die Illustrierten, die auf dem Beistelltisch lagen. Überwiegend waren es Frauenzeitschriften aus einem Lesezirkel. An der gegenüberliegenden Wand stand eine Kommode, darauf ein Kunstblumenstrauß in einer Kristallvase.

Oberhalb davon war ein Glasbord mit einer Mini-Stereoanlage samt Boxen angebracht.

Beim Anblick der Drucke, die den Raum schmückten, verzog sie das Gesicht. Die voll erblühte Rose und der Harlekin, in dessen Augenwinkel eine Träne glänzte, weckten Erinnerungen an pubertierende Teenager und Liebeskummer. Da hätte sich Schönwies ruhig etwas Geschmackvolleres einfallen lassen können.

Romantikzimmer, fiel Maja wieder ein, hatte Renate Stadlhuber den Raum spöttisch genannt. Sie drückte mit den Fingerspitzen auf die Sitzfläche der Couch. Die Federung war gut. Die Polster der Rückenlehne ließen sich mühelos entfernen. Damit entstand genug Platz für zwei, die es sich hier gemütlich machen wollten. Wer nutzte ein solches Angebot? Mirli bestimmt nicht, dachte Maja.

Sie ging zum Fenster. Hier also hatte Mirli die letzten Minuten ihres Lebens verbracht. Sie zögerte einen Augenblick, bevor sie den Store entschlossen zur Seite zog.

Sie lehnte ihre Krücke ans Fensterbrett und öffnete die beiden Flügel. Ein Windstoß fuhr in den Vorhang. Der Nachmittag war lau. Ein Specht hämmerte gegen einen Baumstamm.

Die frische Luft tat Maja gut. Der Druck über ihrer Augenhöhle blieb. Seit dem Unfall war sie für Migräne anfällig. „Warum, Mirli?“, fragte sie leise.

Die Bäume im Park warfen lange Schatten. Die Sonne war zu einem orangeroten Halbkreis geschrumpft und würde bald ganz hinter dem Hügel verschwunden sein. Wenn sie mit Joe darüber fantasiert hatte, wie sie gemeinsam alt werden wollten, dann waren Sonnenuntergänge am Strand mit einer Flasche Wein immer ein fixer Bestandteil gewesen. Es war schlimm genug, dass er sie allein zurückgelassen hatte. Und nun sollte sie auch noch für immer den Flecken Erde verloren haben, der ihr über mehr als drei Jahrzehnte alles bedeutet hatte? Wie hatte sie nur so furchtbar blöd sein können? Welcher Wahn hatte sie geritten, als sie die Dokumente unterschrieben hatte? Es hätte doch bestimmt noch eine andere Lösung gegeben, ohne den Bau von Joes Gedenkstätte zu gefährden!

Sie beugte sich aus dem Fenster, so gut das mit ihrer lädierten Hüfte möglich war. Es mussten gut vier Meter bis zum Boden sein, schätzte Maja. Zu hoch für einen alten Menschen mit brüchigen Knochen, um einen Sturz zu überleben. Die dunkle Erde im Blumenbeet zog sie magisch an. Sie könnte sich einfach fallen lassen, mit dem Kopf voraus. In wenigen Sekunden wäre alles vorbei. Endlich Ruhe, Frieden, keine ungewisse Zukunft, keine Schmerzen, keine Angst – nie mehr. Funkelnde Blitze und kleine Spiralen hüpften am äußersten Rand ihres Gesichtsfelds. Sie beugte sich noch ein Stück weiter aus dem Fenster. Ein schmerzhafter Stich in ihrem Hüftgelenk ließ sie aufstöhnen. Ihre Finger lösten sich vom Fensterbrett.

Ranunkeln und Tulpen leuchteten ihr unschuldig aus dem Garten entgegen. Nichts wies mehr auf den Unfall hin, der erst vor kurzer Zeit hier geschehen war. Auch das Grablicht, das man gleich nach Mirlis Tod an die Hauswand gestellt hatte, war bereits entfernt worden.

Wieso hatte sich die alte Frau so weit aus dem Fenster gelehnt? War sie vielleicht für ein paar Momente klar genug im Kopf gewesen, um die Sinnlosigkeit dieses Dahinvegetierens im Heim zu erkennen? Hatte auch sie vom Leben genug gehabt?

Maja seufzte. Sie schloss das Fenster und griff nach dem Store.

Das Poltern hinter ihrem Rücken ließ sie erschrocken herumfahren. Sie jaulte auf, als sie das Stechen, diesmal in ihrem Knie, spürte. Der Eindringling blieb überrascht in der Tür stehen. Maja sah nur die Umrisse seiner breiten Gestalt. Sie fühlte sich ertappt und zog die Schultern hoch.

„So was“, hörte sie die Stimme des Seehunds, wie sie den Hausmeister wegen seines Schnurrbarts bei sich nannte.

„Ach Sie sind's!“ Maja war erleichtert.

„Wenn Sie auf Ihren Bekannten warten, muss ich Sie enttäuschen.“ Herr Harry grinste anzüglich und strich sich über seinen kugeligen Bierbauch.

Maja konnte nicht verhindern, dass sie rot wurde. „Einen so zu erschrecken“, sagte sie ärgerlich. „Sie hätten ruhig anklopfen können.“

„Weiß ich, dass da jemand herinnen ist?“, entgegnete der Hausmeister trocken.

„Ich hab was gesucht.“ Maja griff nach ihrer Krücke.

„Und, haben Sie es gefunden?“

„Passt schon!“, sagte Maja. Sie war dem Hausmeister keine Rechenschaft schuldig. Sie drängte sich an ihm vorbei zur Tür. Harry stank nach altem Schweiß und Bier. Die Nase rümpfte sie erst draußen auf dem Gang.

## Zwei Tage später

Die Nachricht vom Tod der Hofrätin hatte in Windeseile die Runde gemacht. Maja erfuhr davon, als sie zum Mittagstisch kam. Die Neuigkeit lenkte sie von den Magenschmerzen ab, die sie seit dem Gespräch mit Schönwies immer wieder quälten. Es wird sich eine Lösung finden, wiederholte sie jedes Mal, wenn sie die Angst vor der Zukunft packte. Sie wusste, wenn sie aufgab, war das der Anfang vom Ende. Nur ihr Körper, der dabei war, eine Gastritis zu entwickeln, ließ sich nicht recht von ihrer angestrengten Zuversicht überzeugen.

Helenc Stocker trug heute einen Strohhut, dessen breite Krempe mit einem grünen Band geschmückt war. Ihre wasserblauen Augen waren auf den Suppenteller gerichtet. Mit dem Finger fuhr sie die Konturen des Löffels nach.

„Weiß man schon, ob es wirklich Selbstmord war?", fragte Renate Stadlhuber. Ihre frische Dauerwelle schimmerte fliederfarben.

Adele Rosen schüttelte den Kopf. Erst jetzt fiel Maja auf, dass die Augen der Freundin verquollen waren.

„Selbstmord? Wer?", fragte sie und zwängte sich an Helene vorbei auf ihren Platz am Fenster.

„Die Hofrätin", sagte Majas Bettnachbarin. Ihr üppiger Busen drohte den Knopf der geblümten Bluse zu sprengen. Hatte sie schon wieder zugenommen?

„Nein! Wieso?" Maja schüttelte fassungslos den Kopf.

Adeles Lippen zitterten. So emotional hatte Maja ihre Freundin noch nie erlebt.

Angela Schener, die Hofrätin, war Maja gegenüber gesessen. In Hinkunft würde dieser Platz leer bleiben. Maja strich über das helle Tischtuch. Sie würde sich nie daran gewöhnen, dass der Tod ein häufiger Gast in Altersheimen war.

Die Hofrätin hatte ihre Mahlzeiten nicht immer im Speisesaal eingenommen, weil ihre ruckartigen Bewegungsabläufe mehrmals zu unangenehmen Situationen geführt hatten. Einmal war heißer Tee auf Majas Handrücken gelandet, weil die Hofrätin unvermittelt mit der Hand ausgeschlagen hatte. Doch seit sie die neuen Tabletten genommen hatte, hatte sie die Folgen ihrer Parkinson-Erkrankung wieder besser unter Kontrolle gehabt. Sie hatte sich sehr darüber gefreut, weil ihr die Gesellschaft der anderen beim Essen eine willkommene Abwechslung war.

Rosi stellte den Suppentopf auf den Tisch. „Mahlzeit, die Damen." Renate Stadlhuber teilte die Suppe mit dem Schöpfer aus.

„Für mich bitte nicht!" Adele drehte ihren Teller um.

„Sie sollten eine von diesen luftigen Kreationen tragen. Ich würde etwas mit Federn empfehlen, von der Farbe her nicht zu dunkel, damit es mit Ihrem Teint harmoniert", begann Helene Stocker. Sie fasste Maja ans Kinn und drehte ihren Kopf zur Seite.

Maja entzog sich der Berührung. „Gern. Aber wollen Sie nicht zuerst Ihre Suppe essen?" Maja reagierte fast immer geduldig, wenn Helene Schwierigkeiten hatte, sich in der Gegenwart zurechtzufinden.

„Meine Mittagspause muss längst vorüber sein. Wie spät haben wir es?" Helene Stocker sah sich suchend um.

„Alles in Ordnung!" mischte sich Renate Stadlhuber ein. „Zeit zum Mittagessen! Haferflocken mögen Sie doch!"

Maja zog mit dem Löffel Kreise in ihrem Teller. Orange Stückchen schwammen in der bräunlichen

Suppe – vermutlich Karotten. Eigentlich hatte sie gar keinen Appetit. „Wie ist es denn passiert?“

„Stellen S’ Ihnen vor, sie hat Pulver genommen, angeblich eine ganze Schachtel. Und dann hat sie sich ein Plastiksackerl über den Kopf gezogen.“ In Renates Miene spiegelte sich Sensationslust.

„Bitte“, sagte Adele und hob abwehrend die Hand.

Helene Stocker legte den Löffel zur Seite. Sie griff nach Majas Hand. „Die dunklen Schatten haben sie geholt“, sagte sie bedeutungsvoll. „Sie kommen in der Nacht, mit glühenden Augen.“ Helenes Stimme war lauter geworden. Am Nebentisch reckte der alte Svoboda neugierig den Hals. Majas Puls hatte sich beschleunigt. Sie spürte, wie ihre Handflächen feucht wurden.

Renate Stadlhuber tippte sich an die Schläfe. „Verrückt“, formten ihre Lippen. „Frau Stocker, die Suppe wird kalt!“

„Welche Schatten?“ Maja erntete für ihre Frage einen Tritt unter dem Tisch.

Helene Stockers Augen waren in eine unbestimmte Ferne gerichtet. Dann fokussierte sich ihr Blick. „Ich bin eine gefragte Modistin. Sogar die Schwester der Queen trägt meine Modelle. Haben Sie schon die Hüte gesehen, die ich für den Film angefertigt habe? Die Stars kommen alle in mein Geschäft. Haben Sie sich eigentlich schon für ein Modell entschieden? Sie sind doch die Frau Hauser, oder?“

Maja verneinte. So kam sie nicht weiter. Vielleicht gelang es ihr, der verwirrten Frau etwas zu entlocken, wenn sie sie nachher zu einem Spaziergang im Park überredete?

„Probieren müssen Sie ihn schon! Wenn er Ihnen zu teuer ist, können wir gerne über den Preis reden!“

Helene Stocker nahm ihren Strohhut vom Kopf und versuchte, ihn Maja aufzusetzen.

„Jetzt is aber RUHE!“ Renate Stadlhuber schlug mit der flachen Hand auf den Tisch.

Helene Stocker begann zu greinen. Maja streckte die Hand aus, um ihr beruhigend über die Schulter zu streicheln. Die alte Frau zuckte zurück, ihre Klagelaute schwollen an. Sie begann vor- und zurückzuschaukeln, wobei sie mit dem Rücken immer heftiger gegen die Sessellehne stieß.

„Gebt's ihr endlich wer die Tabletten!“, war von einem der Nebentische zu hören.

Adele Rosen hielt sich die Ohren zu. Noch bevor Sonja, die Pflegehelferin, an den Tisch gekommen war und beruhigend auf Helene Stocker einredete, war Adele aufgestanden und hatte den Speisesaal verlassen.

Rosi räumte den Tisch ab und brachte die Hauptspeise. Es gab Augsburger mit Kartoffelpüree. Die Pflegehelferin führte Helene Stocker aus dem Saal. Wahrscheinlich gab sie ihr ein Beruhigungsmittel. Renate Stadlhuber nahm sich eine große Portion Püree. Ihr hatte der Tumult offenbar nicht auf den Magen geschlagen. „So was von empfindlich“, schimpfte sie. Dass sie mit zu dem Aufruhr beigetragen hatte, schien ihr nicht in den Sinn zu kommen. Maja enthielt sich jeden Kommentars. Ihr war der Appetit endgültig vergangen, doch blieb sie sitzen, weil sie hoffte, mehr über den Tod der Hofrätin zu erfahren.

„Mit einem Plastiksackerl hat sie sich erstickt?“

Frau Stadlhuber sagte kauend: „Gell, da muss einer schon sehr kaltblütig sein, damit er das z'ammbringt.“ Ein Püreebröckchen flog aus ihrem Mund quer über den Tisch und landete knapp vor Majas Teller.

„Oder verzweifelt“, sagte Maja.

„Meiner Seel, so Depressionen sind wirklich was Grausliches."

„Dabei hat sie in letzter Zeit einen so aufgeräumten Eindruck gemacht."

„Ja, ja, das hätte man glauben können." Renate Stadlhuber schnitt ihre Wurst in kleine Stücke. „Aber es hat ihr schon sehr zugesetzt, dass man sie ins Haupthaus verlegen wollte. Mit der Witwenpension hat sie sich die Wohnung drüben nicht mehr leisten können. Vom eigenen kleinen Reich in ein Doppel- oder Dreibettzimmer ist halt eine große Umstellung. Das wär ein ordentlicher Abstieg gewesen."

Dass die Hofrätin hätte umziehen sollen, war eine Neuigkeit für Maja.

„Da hätten einige Beifall geklatscht, wenn so eine vom hohen Ross steigen muss."

„Schadenfreude? Das find ich schäbig!"

„Geh, Sie glauben doch nicht, dass alte Leut die besseren Menschen sind?"

„Aber dass man sich deswegen umbringt?" Maja schüttelte ungläubig den Kopf.

„Ich versteh sie irgendwie", sagte Renate Stadlhuber. „Wenn man einmal so krank ist, ist es nur mehr eine Frage der Zeit, bis man auf der Pflegestation landet. Und ehrlich gesagt, was ist das dann noch für ein Leben?" Frau Stadlhubers Blick blieb kurz an Maja hängen. „Sie wär nicht die Erste, die lieber selber bestimmt, wann es Zeit zum Gehen ist. Dabei hat sich der Herr Direktor extra Zeit genommen und ihr gut zugeredet. Nicht nur einmal war er bei ihr", erzählte die alte Frau weiter.

Maja runzelte die Stirn. „Wie geht das eigentlich, wenn man ein Schlafmittel nimmt? Zu lange darf man mit dem Plastiksackerl nicht warten, sonst schläft man ja vorher ein, und wenn man zu früh dran ist, bekommt man sicher die Panik, sobald man keine Luft kriegt, oder?“

„Da fragen S’ die Falsche!“ Renate Stadlhuber hob abwehrend die Hände. „So genau mag ich es mir auch gar nicht ausmalen. Ich hoffe, dass ich nie in diese Gasse komm. Am liebsten wär mir, dass ich einfach einschlaf oder es trifft mich der Schlag, bumm und aus.“

„Wer hat die Hofrätin denn gefunden?“

„Der Zivildiener, der arme Bub. Ganz fertig soll er sein. Ist seine erste Leich gewesen. Sicher kein schöner Anblick. Aber bei uns muss man mit so was immer rechnen. Tote mein ich, nicht wahr?“

„Aber gleich so?“

Frau Stadlhuber beförderte mit dem Fingernagel ein Stück Augsburger aus einem Zahnzwischenraum. „Vor ungefähr einem Jahr hat sich schon einmal wer so grauslich weggeräumt. Wahrscheinlich war die Schener ein Nachahmungstäter, so eine Art Trittbrettfahrer. So sagt man doch, oder?“

„Und das war auch ein Selbstmord?“

„Sicher, was glauben denn Sie?“ Renate Stadlhuber lachte. „Dass sich ein Serienmörder auf alte Weiber spezialisiert hat?“

## Zwei Tage später

Maja saß auf einem Sessel vor dem Sprechzimmer des Arztes. Schwester Erika hatte ihr nach dem Essen mitgeteilt, dass sie am Nachmittag zu einer Untersuchung bestellt war. Dass Maja nicht wusste, was ihr bevorstand, machte sie nervös. Außerdem hatte sie schon wieder schlecht geschlafen. Die Sorgen um ihre Zukunft suchten sie sogar in ihren Träumen heim. Freundliche Wesen verwandelten sich in schauerliche Kreaturen mit langen Krallen. Sie rissen ihr die Kleider vom Leib und verfolgten sie, wenn sie davonlief. Dann irrte sie durch endlose Gänge, fand keine Tür zum Entkommen und erwachte schließlich, schweißgebadet und erschöpft.

Nun war es schon zehn nach vier. Nachdem sie die einzige Patientin zu sein schien, ärgerte es sie, dass sie warten musste. Sie klopfte an die Tür des Sprechzimmers und drückte die Klinke hinunter. Die Tür war versperrt. Hatte sich Schwester Erika mit dem Termin geirrt?

Gerade als sich Maja auf den Weg zurück in ihr Zimmer machen wollte, bog Doktor Heschler um die Ecke. Er war als praktischer Arzt der Nachbargemeinde auch für das Altersheim zuständig, hielt aber nur stundenweise Ordination und wurde in Notfällen gerufen.

Heschler war Mitte vierzig, hatte kurzes dunkles Haar und trug einen Vollbart.

„Tut mir leid, dass Sie warten mussten. Einen Moment noch bitte." Er nickte Maja zu und zog einen Schlüsselbund aus der Tasche seines karierten Sakkos.

Der Raum war spärlich möbliert. Außer dem alten Schreibtisch, zwei Sesseln und einem Computer stand noch ein Schrank an der Wand. An der gegenüberliegenden Seite gab es eine Liege und daneben ein Waschbecken.

Der Arzt reichte Maja die Hand. „Sie sind die Frau …“, er blätterte in seiner Kartei.

„Berg“, half Maja aus.

„Berg, genau. Wie das Tal“, sagte der Arzt und lachte über seinen Scherz. Majas Miene blieb reserviert.

„Wie geht es Ihnen heute?“ Heschler bückte sich, um den Computer, der unter dem Schreibtisch auf dem Boden stand, einzuschalten.

„Danke, gut“, antwortete Maja. „Was ist das für eine Untersuchung?“

Der Arzt war mittlerweile wieder unter dem Tisch hervorgekommen und rückte seinen Sessel zurecht. „Nichts Dramatisches, keine Sorge. Nur ein paar Fragen. Das brauchen wir für die Versicherung.“ Heschler öffnete eine der Laden des Schreibtisches. „Wo hab ich das jetzt?“

Maja spürte leise Ungeduld.

Nachdem Heschler auch die zweite Lade und den Kasten durchsucht hatte, wurde er im Seitenfach seiner Arzttasche endlich fündig. „Na, da ist er ja.“ Er legte einen mehrseitigen Fragebogen auf den Tisch und notierte darauf etwas mit Kugelschreiber.

Maja ärgerte sich, dass sie ihre Lesebrille nicht mitgebracht hatte. Vielleicht konnte sie nachher eine Kopie vom Ergebnis bekommen?

„Sie sind geboren am …?“

Maja nannte ihr Geburtsdatum und sicherheitshalber auch den Geburtsort.

„Was haben wir denn heute für einen Wochentag?“

Maja überlegte. „Mittwoch? Oder nein, ist schon Donnerstag?“ Mit den ewig gleichen Abläufen im Heim verlor man nach und nach den Überblick.

„Und wir haben das Jahr Zweitausend...?“

Was war das für eine eigenartige Frage? „Dreizehn?“

„Sind Sie sicher?“

Sie schaute ihn unsicher an. Was wollte er von ihr?

„Welche Jahreszeit haben wir jetzt? Frühling, Herbst, Sommer oder Winter?“

Maja ging langsam ein Licht auf. Sie wurde hier auf ihren Geisteszustand untersucht. Sie hatte gute Lust, den Arzt an der Nase herumzuführen. Aber das hätte bestimmt Konsequenzen. Heschler sah nicht wie jemand aus, der übermäßig viel Sinn für Humor besaß. „Ende Winter, kurz vor Frühling“, antwortete sie, bemüht, die Jahreszeit möglichst exakt anzugeben.

„Interessant.“ Der Arzt machte einen zusätzlichen Vermerk neben dem Kästchen, das er zuvor angekreuzt hatte.

„Welcher Monat?“

Maja wurde zunehmend nervös. „März. Nein, April. April, sicher.“

Heschler nickte zufrieden. „Wo sind wir hier?“

„Wie meinen Sie?“

„Na, wo glauben Sie, dass Sie hier sind?“

„In einem Zimmer“, antwortete Maja frech. Schön langsam hatte sie von der penetranten Fragerei wirklich genug. „Ich bin nicht senil, falls Sie das glauben!“

„Es dauert nicht lange. Haben Sie bitte ein wenig Geduld.“ Heschler ließ sich nicht aus dem Konzept bringen. „Sprechen Sie mir jetzt nach: Weintraube.“

„Weintraube.“

„Schlüssel.“

„Schlüssel.“

„Rad.“

„Rad.“

„Katze.“

„Katze." Maja bemühte sich, die Worte deutlich nachzusprechen.

„Jetzt eine kleine Rechenaufgabe. Wie viel ist hundert weniger acht?"

„Ähm ... hundert weniger acht ... weniger acht ... zweiundneunzig." Rechnen war noch nie Majas Stärke gewesen.

Heschler deutete auf seine Armbanduhr. „Sagen Sie mir bitte, wie spät es ist!"

Maja kniff die Augen zusammen. „Ohne meine Brille ..., außerdem sehe ich wegen meiner Makuladegeneration auf einem Auge fast nichts." Sie neigte den Kopf und rückte näher an die Uhr heran. „Fast halb fünf."

Heschler machte sein Kreuz. „Sie haben mir vorhin vier Wörter nachgesprochen. Könnten Sie die bitte wiederholen?"

Majas Handflächen waren feucht geworden. Sie versuchte sich zu konzentrieren. Was war das nochmal gewesen? Irgendein Obst. „Weintraube."

„Gut, was noch?"

„Schlüssel."

„Sehr gut. Und das dritte Wort?"

Maja massierte ihre Stirn. „... wie hinter einer Nebelwand ... oder wie so ein Fisch, der einem immer wieder aus der Hand glitscht", murmelte sie.

„Was sagen Sie?"

Maja kapitulierte. „Fällt mir nicht mehr ein. Sie hätten mir sagen müssen, dass ich mir die Wörter merken soll."

„Das vierte Wort wissen Sie bestimmt, oder?"

„Nein", sagte Maja bockig. „Weiß ich nicht. Sie machen mich hier ganz wirr. Sind wir dann fertig?"

Heschler lächelte säuerlich. „Bald. Nur ein paar Fragen noch." Er zeigte auf die Papierbögen, von denen zwei weitere auszufüllen waren. Der Arzt bat Maja, ein Viereck und eine Raute von einem Blatt abzuzeichnen. Die Übung gelang ihr mühelos, schließlich hatte sie über Jahre Kinderbücher illustriert. Sie überlegte sogar, die Figuren dreidimensional zu skizzieren, ließ es dann aber doch lieber bleiben.

Im letzten Teil des Tests musste Maja ein Tuch falten und zu Boden fallen lassen. Maja verstand zwar den Sinn der Übung nicht, folgte jedoch den Anweisungen des Arztes.

„Und nun noch eine letzte Aufgabe. Lesen Sie bitte durch, was auf dem Blatt steht, und tun Sie es anschließend."

„Ohne Brille geht das nicht. Sie werden es mir vorlesen müssen."

Heschler zögerte. „Also gut. Lesen Sie: Strecken Sie beide Arme aus und führen Sie das aus."

„Wie?"

Heschler wiederholte die Anleitung.

„Ich kenn mich nicht aus. Was soll ich tun?"

„Lesen und dann die Arme ausstrecken."

„Ich sag doch, dass ich ohne Brille nichts sehe!", antwortete Maja unwirsch.

„Sie sollen die Arme ausstrecken!"

Maja riss ihre Arme nach vor. Heschler wich erschrocken zurück. „Danke!" Er klang verärgert. „Das war's." Der Arzt faltete die Blätter des Fragebogens und legte sie zur Seite.

„Habe ich bestanden?"

Heschler musterte seine Patientin. Er lächelte, doch in seinem Blick lag keine Wärme.

„Sicher. Alles überstanden. Ihren Blutdruck würde ich aber noch gerne messen."

Maja löste mit zittrigen Fingern den Knopf am Ärmel ihrer Bluse.

***

Moser schlenderte über den Parkplatz. Die Gelegenheit war günstig. Der Bus mit der Gruppe, die die Aufführung im Landestheater besuchte, war vor mehr als einer Stunde losgefahren. Schönwies und seine betagte Mutter waren mit von der Partie gewesen. Moser hatte sich extra davon überzeugt.

Der Wagen stand unter dem Carport. Sein gedecktes Grau harmonierte mit dem Chrom des Kühlergrills und der Fensterumrahmung. Er wirkte gestreckter als das Vorgängermodell, wahrscheinlich war er auch länger. Ganz genau wusste Moser es nicht. Er spazierte um das Auto herum, lugte durch die Scheibe. Viel konnte er im Dämmerlicht nicht erkennen.

Nimm mich, schien ihm der Wagen zuzuraunen. Schnittige Fahrzeuge waren schon immer Mosers Leidenschaft gewesen. Gern hätte er selbst so einen Wagen besessen. Leider hatte er nie genug Geld für einen solchen Luxus gehabt. Nur einmal hatte er Glück gehabt. Damals, als er für Malik Taxi gefahren war. Der Mercedes, den der Chef angekauft hatte, war das Vorzeigemodell der gesamten Flotte gewesen. Moser hatte den Wagen geliebt und ihn gefahren, bis der Sohn des Chefs Anspruch darauf erhoben hatte. Danach hatte er sich mit einem alten Audi zufrieden geben müssen.

Moser spürte das Kribbeln in seinen Fingern. Er umklammerte den Zweitschlüssel in seiner Hosentasche. Es war ein Leichtes gewesen, an ihn heranzukommen. Das Büro war selten abgesperrt. Er hatte einfach nur warten müssen, bis die Luft rein gewesen war.

Die Scheinwerfer leuchteten kurz auf. Das Schloss entriegelte sich mit einem metallischen Klicken. Moser warf einen Blick über den Parkplatz. Alles schien ruhig. Er öffnete vorsichtig den Wagenschlag und setzte sich ins Cockpit. Seine Finger strichen über das feine Leder der Sitze, er inhalierte den Duft der gediegenen Ausstattung, der sich mit einem Akzent sportlicher Abenteuerlust mischte. Es dauerte einen Moment, bis er den richtigen Knopf gefunden hatte. Im Schein der Beleuchtung wirkte das Wageninnere heimelig. Nur das Wurzelholz des Armaturenbretts fand er übertrieben.

Sollte er wirklich? Er betrachtete die Anzeigen, Knöpfe und Schalter, überlegte, ob er den neuesten technischen Standards gewachsen war. Dann legte er die Hand probehalber über den Schaltknüppel – ein gutes Gefühl. „Scheiß drauf", sagte er und löste die Handbremse. Der Parkplatz war abschüssig. Der Wagen rollte langsam aus dem Carport.

Nach wenigen Metern startete er. Gern hätte er jetzt ein rauchiges Röhren vernommen, doch der Turbo-Vierzylinder konnte damit nicht dienen. Bestimmt war es auch besser so, denn Moser wollte keine unnötige Aufmerksamkeit erregen.

Aus demselben Grund lenkte er den Wagen Richtung Wald und vermied damit eine Fahrt durch das Dorf. Im Gewirr der engen Nebenstraßen kannte er sich gut aus. Bald hatte er trotz des Umwegs die Bundesstraße erreicht. Dass er sich bereits für ein Ziel entschieden hatte, wurde ihm bewusst, als er aufs Gaspedal stieg. Seine Laune hob sich mit jedem Kilometer, den er sich von der Anstalt entfernte. Knapp vor der

Autobahnauffahrt begann er zu pfeifen. Das hatte er lange nicht mehr getan.

Er zuckte zusammen, als er plötzlich neben sich eine Frauenstimme vernahm. „Bitte wiederholen Sie!" Moser warf einen Blick in den Rückspiegel. Natürlich war er allein im Wagen. Dann begriff er, dass es eine Computerstimme war, die zu ihm sprach. Das Navi war offenbar eingeschaltet. Es zeigte einen Pfeil im Straßenverlauf. Moser hatte keine Ahnung, wie man das Ding zum Schweigen brachte, und beschloss, es einfach zu ignorieren.

Eine lange Gerade verleitete ihn zu testen, was der Wagen hergab. Er behielt den Tachometer im Auge, die Nadel schlug kräftig aus. Moser nickte anerkennend. Kein Vergleich zu den Rostschüsseln, mit denen er sonst unterwegs war. Nur das leise Vibrieren des Lenkrads irritierte ihn. Es ließ nach, als er die Geschwindigkeit reduzierte. Dass sich der Motor ausschaltete, als er an einem Zebrastreifen halten musste, brachte ihn kurz in Verlegenheit. Dann erinnerte er sich, dass er über diese Neuerung in einem Magazin gelesen hatte. Der Wagen setzte sich ohne Probleme wieder in Bewegung. Moser war erleichtert. Ein Auto blieb im Grunde immer nur ein Auto, ganz gleich, welchen Schnickschnack sie sich einfallen ließen, resümierte er und bog rechts ab.

Das geringe Verkehrsaufkommen stellte eine große Verlockung dar. Gern hätte Moser das aufkommende Gefühl von Freiheit mit einem Schuss Geschwindigkeitsrausch gewürzt. Zu seinem Glück behielt die Vernunft mit zunehmendem Alter immer häufiger die Oberhand. Nicht, dass er dem Besitzer des Wagens kein Strafmandat gegönnt hätte. Aber das war ein anderes Thema.

Moser genoss die Fahrt. Der Wagen glitt zügig dahin. Sogar den Standby-Modus für das Navi hatte er inzwischen entdeckt. Er pfiff vergnügt vor sich hin – diesmal ohne Kommentar der Computerstimme.

Richtung Flughafen wurde der Verkehr dichter. Was bedeutete dieses Leuchtdreieck im Seitenspiegel?, fragte sich Moser, als er einen VW überholte. Nachdem das Dreieck wieder erlosch, machte er sich keine weiteren Gedanken darüber und verließ die Autobahn an der Ausfahrt Simmering.

Moser liebte diesen Anblick. Die glitzernden Lichter, die funkelnden Rohre, die Dampfwolken, die das gesamte Areal noch unwirklicher erscheinen ließen. Seiner Meinung nach war das ein idealer Drehort für einen Sciencefiction-Film. Er parkte den Wagen auf einer Anhöhe. Von hier aus überblickte er die weitläufige Anlage. Die Raffinerie hatte ihn immer schon fasziniert. Stunden hatte er hier verbracht, um nachzudenken – und um zu träumen. Er stieg aus dem Wagen, lehnte sich an die Kühlerhaube, die von der Fahrt angenehm warm war. Er schlug den Kragen seiner Jacke hoch und legte den Kopf in den Nacken. Der Himmel war sternklar, die Flugzeuge waren als blinkende Punkte zu sehen. Er hörte das entfernte Dröhnen ihrer Motoren, das sich mit den Geräuschen der Raffinerie vermengte. Das leise Rauschen der Fahrzeuge auf der Autobahn komplettierte die Geräuschkulisse.

Moser fingerte den Spliff, den er schon im Zimmer gebaut hatte, aus seiner Brusttasche. Das Zigarettenpapier knisterte, als er die helle Flamme daran hielt. Er sog den Rauch in seine Lungen und hielt für eine Weile den Atem an. Das Dope entspannte ihn. Er hatte schon ein paar Tage lang nichts geraucht.

Er legte den Kopf erneut in den Nacken. Seine Augen folgten einem blinkenden Punkt, der gegen Osten zog. Wie gerne wäre er früher in einem dieser Flieger gesessen, um sich die Welt anzuschauen. Stattdessen hatte er sich Zeit seines Lebens mit dem Atlas begnügen müssen, war mit dem Finger dort entlanggefahren, wohin ihn sein Fernweh gezogen hatte. Vielleicht wäre alles anders gekommen, wenn Wanda bei ihnen geblieben wäre? Das Leben war leider kein Wunschkonzert.

Aus Ria war trotz allem eine großartige Frau geworden. Sie hatte sich überraschend schnell mit dem Verlust der Mutter abgefunden. Moser klopfte die Asche von seinem Joint. Sein Mund fühlte sich trocken an. Er hätte ein Bier mitbringen sollen.

Wandas plötzlicher Tod hatte eine große Lücke in seinem Leben hinterlassen. Für Trauer war nicht viel Zeit geblieben. Er hatte alle Hände voll zu tun gehabt, um den Alltag mit einem Kleinkind zu bewältigen. Er war zwar von Anfang an ein begeisterter Vater gewesen, doch auf ein Leben als Alleinerzieher war er nicht vorbereitet.

Es hatte nicht lange gedauert, bis er mit dem Kind einen gewohnten Rhythmus gefunden hatte. Nur manchmal war es schwer gewesen, das nötige Geld aufzutreiben. Als Ria klein gewesen war, hatte er die Tage mit dem Kind verbracht. Gearbeitet hatte er nachts. Eine Nachbarin hatte dann auf seine Tochter aufgepasst.

Moser sah den Rauchschwaden nach, die aus seinem Mund strömten. Er befeuchtete seine Lippen mit der Zunge.

An Angeboten hatte es nicht gemangelt. Trotzdem hatte er sich erst auf neue Beziehungen eingelassen, nachdem Ria ausgezogen war. Lange gehalten hatte keine. Schuld daran war wohl er selbst, weil er nicht aufhören konnte, die Frauen mit Wanda zu vergleichen.

Maja kam ihm in den Sinn. Das ovale Gesicht, die hohen Backenknochen, der entschlossene Zug um den Mund – all das erinnerte ihn an seine verstorbene Frau. Auch von ihrer Art her war sie ihm sympathisch. Ob diese Anziehung auf Gegenseitigkeit beruhte?

Moser schnipste den Rest des Joints über den Zaun und schob seine Hände in die Jackentasche. Die Motorhaube war inzwischen abgekühlt. Vielleicht sollte er langsam zurückfahren?

Von der Raffinerie her klang metallisches Hämmern, als ob jemand gegen die zylindrischen Kessel klopfen würde. Moser stellte sich Männer in weißen Anzügen vor, die sich geschäftig im gleißenden Licht tummelten. Menschen in ölverschmierten Monturen passten einfach nicht in sein Bild von diesem Ort.

Ria erwartete seinen Bericht. Oder war der Auftrag seiner Tochter nur ein Vorwand gewesen, um ihn endlich aus der Wohnung zu locken? Er hätte es bestimmt noch eine Weile ausgehalten. Dass der Eigentümer sämtliche Mieter hinausekeln wollte, um das Haus zu sanieren und die Wohnungen dann teuer zu verkaufen, war ihm von Anfang an klar gewesen. Die Ratten am Gang und das Wasser, das nach jedem Regen durch den Plafond getropft war, hatten ihn weit weniger als die Tochter gestört.

Schließlich hatte er sich überreden lassen, in eine Seniorenresidenz zu ziehen. Es sei nur vorübergehend, hatte Ria gesagt und ihre Verbindungen spielen lassen. So war er in Haus Waldesruh gelandet, wo er in einem schäbigen Zimmer hauste und anstelle der Miete für Botengänge herangezogen wurde und dem Hausmeister zur Hand ging. Erst später hatte Ria, die als Sozialarbeiterin bei der Landesregierung arbeitete, den Verdacht geäußert, dass in dem Altersheim etwas nicht stimmte. Eine Klientin hatte sich bei ihr beklagt, dass ihre Mutter Haus Waldesruh testamentarisch wertvolle Möbel überlassen hatte. Die Frau war überzeugt gewesen, dass man ihre Mutter dazu gedrängt hatte. Und angeblich war es nicht der einzige Fall gewesen. Juristisch gab es an den Vorfällen nichts zu auszusetzen. Aber moralisch erschienen Ria solche Angelegenheiten mehr als fragwürdig. Sie hatte Moser deshalb gebeten, Augen und Ohren offenzuhalten.

Dass dieser Rechtsverdreher geschäftliche Beziehungen zu Schönwies unterhielt, war nach Mosers Ansicht ein Hinweis darauf, dass Ria mit ihren Vermutungen richtig lag. Der Schneebrunzer hatte sich bestimmt nicht gebessert – davon ging Moser aus. Dennoch fehlten konkrete Beweise.

Was dubiose Erbschaften betraf, war Mirli bestimmt kein verdächtiger Fall. Sie hatte ziemlich sicher nichts besessen. Bei der Hofrätin wusste er es nicht so genau. Harry, der Hausmeister, mit dem er sich länger über die Geschichte unterhalten hatte, hatte gesagt, dass man sich nicht wundern dürfe, wenn sich alte Leute bei jenen erkenntlich zeigten, die sie bis zum Tod pflegten. So konnte man es natürlich auch sehen, wie Moser sich eingestehen musste – sofern eine Schenkung wirklich aus freien Stücken geschah.

Ein paar Tage später hatte Harry unter dem Einfluss von Obstler und ein paar Bier erzählt, dass der Direktor für eine kleine Gegenleistung die Reihung der Anmeldungen für einen Heimplatz korrigierte. Genaueres wusste er nicht und er wollte Schönwies auch nicht anpatzen. Schließlich war es Schönwies gewesen, der ihm nach Jahren der Arbeitslosigkeit noch einmal eine

Chance gegeben hatte. Moser hatte am nächsten Tag den Eindruck gehabt, dass Harry es bedauerte, überhaupt den Mund aufgemacht zu haben.

Von anderen Pfleglingen im Heim hatte Moser bis jetzt auch nichts Stichhaltiges erfragt. Was ihm erzählt wurde, waren entweder Gerüchte oder Begebenheiten aus der Vergangenheit. Nichts, womit er wirklich etwas anfangen konnte. Wer im Haupthaus wohnte, hatte meist nur ein kleines Taschengeld zur Verfügung und die Bewohner im angrenzenden Wohnheim hielten sich, was ihr Vermögen betraf, bedeckt. Moser vermutete, dass die fehlende Auskunftsbereitschaft auch mit seinem Aussehen und seinem Ruf zusammenhing. Vielleicht hatten die Leute einfach nur Angst, dass er sie um Geld anschnorren wollte?

Moser beschloss, bei nächster Gelegenheit mit seiner Tochter zu reden. Er musste ihr klarmachen, dass er nicht ewig in Haus Waldesruh wohnen würde. Ein paar Wochen vielleicht noch, damit ihm Zeit blieb, Maja ein wenig besser kennen zu lernen.

Als Moser den Motor diesmal startete, fühlte er sich deutlich sicherer als auf der Hinfahrt. Er schaute in den Rück- und Seitenspiegel, wendete und fuhr zügig Richtung Autobahn. Den Tachometer behielt er im Blick, obwohl es ihn erneut reizte, das Gaspedal ordentlich durchzutreten. Vielleicht ein anderes Mal, tröstete er sich. Eine geeignete Strecke schwebte ihm bereits vor.

Gleich darauf überholte er einen alten Renault und dann noch einen Toyota. Mit diesem Prachtstück unter dem Hintern konnte er nicht einfach hinter solchen Rostlauben herzuckeln. Er schaltete zurück, nahm die Ausfahrt auf die Tangente und reihte sich ein. Beim Ölhafen Lobau fuhr er von der Autobahn ab. Er holperte über eine mit Schlaglöchern übersäte Straße. Nicht schlecht, diese Stoßdämpfer – er pfiff anerkennend durch die Zähne. Den Wagen stellte er bei einem der Parkplätze entlang der Donauinsel ab. Den Rest des Weges ging er zu Fuß. Wie vereinbart klopfte er beim Bootshaus und wartete, bis ihm geöffnet wurde.

***

Maja fühlte sich elend. Hätte sie sich bloß auf diesen Test vorbereiten können. Warum hatte ihr Heschler nicht gesagt, wie sie abgeschnitten hatte? Sie hätte auf einer Antwort bestehen sollen.

Sie dehnte vorsichtig ihren Nacken. Dieses Ziehen über ihrem kranken Auge war typisch für einen drohenden Migräneanfall. Sollte sie die Schwester um eine Tablette bitten? Sie nahm die zerknüllte Serviette aus ihrer Tasche. Die Kapsel war klebrig. Heschler hatte gesagt, dass ihr diese Wunderpille gut tun würde. In ihrem Alter brauche der Körper zusätzliche Vitamine. Maja hatte Zweifel, dass man dem Arzt vertrauen konnte. Er war zu beschäftigt mit seinen Unterlagen gewesen, um zu bemerken, dass sie nur vortäuschte, die Kapsel zu schlucken. Nachdem sie die Ordination verlassen hatte, hatte sie das Medikament in eine Serviette gespuckt. Für Notfälle hatte sie immer eine dabei.

Sie nahm sich vor, genau darauf zu achten, was sich morgen in ihrem Dispenser befand. Falls wieder eine solche Kapsel dabei war, musste sie unbedingt herausfinden, wofür sie wirklich gut war. Sie hatte nicht den Eindruck, dass sie ein neues Medikament brauchte.

War diese Untersuchung etwa eine Art erster Schritt gewesen, mit dem man sie zur Räson bringen wollte? Sie war aufmüpfig, in den Augen des Direktors vielleicht sogar undankbar. Wie weit würde man gehen, um sie davon zu überzeugen, dass sie in Haus Waldesruh besser aufgehoben war als daheim? Bestimmt hatte Hannes die Finger im Spiel. Was hatte er dem Direktor als Gegenleistung geboten? Oder war sie nun endgültig paranoid geworden? Maja wusste nicht mehr, was sie denken sollte. Sie spürte diese dumpfe Beklemmung wieder, die sie ganz am Anfang ihres Aufenthalts in Haus Waldesruh gequält hatte.

Sie ging ins Badezimmer und benetzte Gesicht und Nacken mit kaltem Wasser. Manchmal half eine solche Abkühlung gegen den Kopfschmerz. Sie ging zurück ins Zimmer, um sich ein wenig hinzulegen, auch wenn sie innerlich keine wirkliche Ruhe empfand. Sie musste auf der Hut sein, aufpassen, dass sie hier nicht durchdrehte. Oder herausfinden, ob sich ihre Ahnung, dass hinter den beiden sonderbaren Todesfällen mehr steckte als purer Zufall, mit Fakten untermauern ließ. Doch wie sollte sie es anstellen? Sie brauchte einen Plan.

Es klopfte und Rosi betrat mit einem fröhlichen „Guten Abend" und einem Tablett auf dem Arm das Zimmer. „Tante Renate hat mir beim Abendessen gesagt, dass Sie beim Doktor sind. Ich hab Ihnen einen Käseteller aufgehoben. Ist Ihnen das eh recht?" Rosi stellte das Tablett auf dem Tisch ab. „Ich hab extra noch einen Kräutergervais dazugegeben. Ich glaube, den mögen Sie recht gerne, oder?" Die braunen Augen der Küchenhilfe waren freundlich auf Maja gerichtet.

Als Maja keine Anstalten machte, sich an den Tisch zu setzen, fragte Rosi: „Haben Sie keinen Appetit?" Rosis Körperfülle ließ darauf schließen, dass Essen in ihrem Leben einen wichtigen Stellenwert einnahm. Das schien in der Familie zu liegen. „Oder hätten Sie gern einmal etwas anderes? Ab und zu kann ich schon was organisieren. Für die Tante koch ich manchmal ja auch extra. Und ob ich eine oder zwei Portionen mach, ist bei der Menge, die ihr esst, auch schon egal."

„Sagen Sie Rosi, darf ich Sie einmal was fragen?"

Die Küchenhilfe stützte ihre Hand abwartend in die Taille. Maja bemerkte, dass sie unter dem weißen Arbeitsmantel nur Unterwäsche trug.

„Was halten Sie von der Frau Stocker?"

„Der Helene, unserer Hutmacherin?"

Maja hatte sich auf ihr Bett gesetzt. Sie deutete Richtung Tisch. „Wollen Sie nicht einen Moment verschnaufen?"

Rosi nahm das Keilkissen ihrer Tante vom Sessel, bevor sie sich daraufsetzte. Sie streckte die Beine von sich. „Das tut richtig gut", sagte sie und massierte ihren linken Unterschenkel. „Das viele Stehen in der Küche ist nicht gut für die Venen", erklärte sie.

„Und die Frau Stocker?", fragte Maja noch einmal.

„Die Stocker? Was wollen Sie denn eigentlich wissen?"

„Na was sie für ein Typ ist und so ..." Maja hielt sich vage.

„Ein bisserl verhuscht", Rosi kicherte verlegen. „Früher hat sie drüben gewohnt." Rosi deutete mit dem Kinn Richtung Fenster, wo sich gegenüber das Haus mit den Ein- und Zweizimmerwohnungen befand. Dann hat es etliche Vorfälle gegeben. Einmal hat sie den Herd eingeschaltet und ein Geschirrtuch auf der Platte liegen gehabt. Gott sei Dank ist der Direktor zufällig vorbeigekommen und hat das Schlimmste verhindert."

„Aber so was kann doch jedem einmal passieren, oder?" Maja strich eine Falte der Bettdecke glatt.

„Ein paar Wochen später hat sie sich die Badewanne eingelassen und ist spazieren gegangen, ohne den Wasserhahn abzudrehen. Erst als sich auf dem Gang eine Lacke ausgebreitet hat, ist jemand aufmerksam geworden. Im Winter ist so ein Wasserschaden doppelt ungut, weil man die Feuchtigkeit nur mit Trockengeräten aus den Wänden bekommt." Rosis Stirn glänzte im Schein der Tischlampe. Sie wischte sich mit einem Taschentuch über das Gesicht und strich ein paar Strähnen zurück, die sich aus dem dicken Zopf gelöst hatten. „Warm ist es hier bei Ihnen", stellte die Küchenhilfe fest. „Wieso fragen Sie nach der Helene?"

„Sie hat etwas von schwarzen Schatten erzählt, die hier herumgeistern und ihr Angst machen. Ich hab mich nicht so recht ausgekannt."

„Schwarze Schatten, mmh", murmelte Rosi. „Ich glaub, das sind ihre Geister aus der Vergangenheit, die Erinnerungen, die viele alte Leute quälen, unerledigte Sachen und all so was", sagte sie schließlich. „Seit der Schönwies Direktor ist, wird auch auf solche Befindlichkeiten Rücksicht genommen. Früher hat man die Leute mit Pulvern und Spritzen ruhiggestellt, wenn sie zu spintisieren angefangen haben", erzählte Rosi freimütig. „Nicht dass seine Eltern schlechte Leute waren, so mein ich das nicht. Die Zeiten waren früher halt andere."

„Seine Eltern?"

Rosi grinste. „Aber sicher. Ich hab bei den alten Schönwies' angefangen. Die Eltern vom Direktor haben das Heim früher geführt. Als der Vater vor etlichen Jahren gestorben ist, hat die Frau Schönwies das Haus geleitet. Jetzt ist der Sohn Chef und schön langsam setzt er sich auch mit seinen neuen Methoden durch."

„Neue Methoden?"

Rosi genoss die Aufmerksamkeit. „Sie glauben ja nicht, was da am Anfang los war. Lauter neue Ideen hat er mitgebracht, seine Leute hat er in Kurse geschickt und wer nicht dazulernen wollte, dem hat er die Kündigung angedroht. Und richtig war's. Vor zwei Jahren haben wir eine Auszeichnung bekommen. Da ist Haus Waldesruh als, wie heißt das gleich? Fortschrittlich, nein, ...", Rosis Zungenspitze glitt über ihre Oberlippe, während sie angestrengt nach dem richtigen Wort suchte.

„Innovativ?", half Maja aus.

„Genau. Als innovative Einrichtung für altersgerechtes Wohnen sind wir prämiert worden. Die Urkunde hängt eh irgendwo." Rosi machte eine unbestimmte Handbewegung zur Tür hin.

„Aha. Dann muss man also froh sein, wenn man hier überhaupt einen Platz bekommt?"

Rosi nickte eifrig. „Gleich nach der Preisverleihung war es ganz arg. Jetzt weiß man es nicht so genau. Die einen behaupten, dass der Andrang zurückgeht, seit das neue Bezirksaltersheim gebaut worden ist. Dort sollen die Plätze günstiger sein und alles ist neuer und moderner als bei uns. Aber der Direktor sagt, dass die Warteliste auf einen Platz bei uns sehr lang ist. Das würde mich nicht wundern, weil er einfach ein herzensguter Mensch ist, sich wirklich um die Pfleglinge kümmert und ihnen bei allem Möglichen hilft. So etwas spricht sich halt herum."

Täuschte sich Maja oder hatte Rosi tatsächlich ein Glänzen in den Augen?

„Seine Frau hat nichts dagegen, dass er so in seiner Arbeit aufgeht? So viel Engagement ist ja nicht immer förderlich fürs Privatleben."

„Ach geh", sagte Rosi mit einer wegwerfenden Geste. „Der wohnt bei seiner Mutter daheim. Die war schon als Heimleiterin ein ziemlicher Drachen. Der ist keine recht, die er heimbringt. Ganz am Anfang war da so eine hübsche Blonde ...“ Rosi warf einen Blick auf ihre Armbanduhr. „Jessas, so spät schon.“ Sie sprang auf. „Ich muss leider“, sagte sie bedauernd. „Das Tablett hole ich dann morgen in der Früh.“ Sie nickte Maja zu und griff nach der Türschnalle. Beim Hinausgehen stieß sie beinahe mit ihrer Großtante zusammen. „Hoppla“, hörte Maja sie zu Renate sagen.

„Hudel nicht so“, ermahnte Frau Stadlhuber ihre Großnichte, bevor sie die Tür ins Schloss drückte. Die alte Frau humpelte zu ihrem Bett und plumpste mit einem Seufzer darauf. „Mein Fuß ist ganz geschwollen und weh tut er auch“, sagte sie. Majas Mitbewohnerin war vorgestern über eine Stufe gestolpert und hatte Schmerzen beim Auftreten. Dabei war sie erst vor knapp einer Woche ihren Gips losgeworden. „Die Gräfin hat gefragt, wo Sie sind.“

Gräfin war der Spitzname Adele Rosens, wie Maja inzwischen wusste. Er passte eigentlich gut zu ihr, wenn man sie nur oberflächlich kannte. „Aha.“

„Ich hab ihr gesagt, dass Sie zum Doktor gehen. Ist alles in Ordnung?“

„Ja, danke.“ Maja hatte sich an den Tisch gesetzt und knabberte lustlos an einer Scheibe Emmentaler. Renate Stadlhuber war die Letzte, mit der sie über den Arztbesuch reden wollte. Wenn man ihr etwas erzählte, wusste es gleich das ganze Haus. Maja stand auf, um sich ein Glas Wasser zu holen.

Renate Stadlhuber deutete zu ihrem Nachtkästchen. „Geh, sind S’ so gut und geben S’ mir meine Pulver herüber.“

Maja reichte ihr den Dispenser für die verschiedenfarbigen Tabletten und Kapseln, die zu bestimmten

Tageszeiten einzunehmen waren, und auch den Becher mit Himbeersaft, der daneben stand.

„Noch eine Bitte hätte ich. Meine Handtasche tät ich brauchen. Sie hängt bei der Garderobe."

Maja nahm die altmodische, braune Ledertasche vom Haken und legte sie neben Renate auf das Bett.

Ihre Mitbewohnerin schluckte nach einer weißen Tablette eine hellgelbe und zum Abschluss eine weißgrüne Kapsel. Dann klickte sie den Verschluss ihrer Handtasche auf und nahm die Geldbörse heraus.

„Das gibt's ja nicht. Da waren doch gestern noch hundert Euro im hinteren Fach."

Renate Stadlhuber hielt Maja ihre Börse hin. „Schauen S', da sind nur mehr zwei Zwanziger. Gestern waren's noch fünf." Frau Stadlhuber war den Tränen nahe.

„Und dass Sie einen Teil vom Geld woanders hingelegt haben? In die Lade vielleicht? Oder unter die Matratze?"

Renate Stadlhuber schüttelte energisch den Kopf. „Daran tät ich mich doch erinnern!"

Maja schaute sich ratlos im Zimmer um. „Haben Sie es vielleicht ausgegeben?"

„Aber wann denn, wie denn?", jammerte die alte Frau. „Was sag ich denn jetzt meiner Enkelin? Die hat Geburtstag und ich hab nicht einmal ein Geschenk für sie." Frau Stadlhuber schluchzte. „Ich hab schon länger den Verdacht, dass hier einer fladert. Meine Seidenbluse ist auch wie vom Erdboden verschluckt. Wäre nicht das erste Mal, dass in einem Heim gestohlen wird."

„Dann muss man den Direktor informieren und die Polizei einschalten", sagte Maja resolut, obwohl sie Zweifel an den Anschuldigungen ihrer Zimmerkollegin hatte. Es war schließlich nicht das erste Mal, dass Renate Stadlhuber etwas verlegt hatte.

Maja warf einen Blick aus dem Fenster. Drüben brannte Licht.

„Das hat doch eh keinen Sinn“, sagte Renate frustriert.

„Soll ich eine Schwester holen?“

„Nein.“ Frau Stadlhuber stemmte sich vom Bett hoch.

„Kann ich sonst etwas tun?“

„Mich in Ruhe lassen“, brummte die alte Frau mürrisch und humpelte ins Badezimmer.

Blöde Urschl, dachte Maja. Sie griff nach ihrem Schultertuch und schlang sich einen Schal um Kopf und Hals, dann zog sie die Tür hinter sich zu. Ihre Hausschuhe hatte sie anbehalten. Es war ja nicht weit.

Maja bemühte sich, leise zu sein. Sie setzte den Gummistoppel ihrer Krücke vorsichtig auf, um unnötigen Lärm zu vermeiden. Noch nie hatte sie Haus Waldesruh am Abend verlassen. War das am Ende verboten? „Lächerlich“, wies sie sich selbst zurecht. Als erwachsener Mensch durfte man sich wohl noch ein wenig die Beine vertreten.

Die Tür des Mehrzweckraums war angelehnt. Im Fernsehen lief eine Unterhaltungssendung mit Musik. Maja vergewisserte sich, dass niemand vor dem Lift wartete.

Die Glastür zur Pflegestation im Erdgeschoß stand sperrangelweit offen. Otto, der Zivildiener, schob einen alten Mann im Rollstuhl ins Badezimmer. Maja flüchtete in eine Fensternische, damit Otto sie nicht bemerkte. Sie wollte keine unnötigen Fragen gestellt bekommen.

Gerade als sie sich anschickte, die Nische zu verlassen, stürmte Schwester Erika aus einem der Zimmer. „Otto, ich brauch dich dann. Der Herr Schneeberger hat sich angespieben. Wahrscheinlich haben sie ihn wieder mit Kuchen gefüttert, als ob die nicht wüssten, dass er das nicht verträgt", schimpfte sie.

„Ich komm gleich", rief der Zivildiener aus dem Badezimmer. „Ich mach hier nur schnell fertig."

Maja lugte aus ihrem Versteck.

Schwester Erika öffnete den Kasten neben dem Schwesternzimmer und holte frisches Bettzeug daraus hervor. „Herr Schneeberger, ich komm schon. Nicht bewegen, wenn's geht!", rief sie und hetzte zurück in das Krankenzimmer.

„Auweh, auweh, auweh", hörte Maja gleich darauf aus dem Bad.

„Schweindl! Muss das sein?", fluchte der Zivildiener.

Es folgte ein langgezogenes Heulen, dann ein Klatschen. „Auweh." Der Klagelaut ging Maja durch Mark und Bein. Sie musste sich am Fensterbrett abstützen. Konnte es wirklich sein? Eingebildet hatte sie es sich bestimmt nicht. Sie lehnte sich an den Mauervorsprung. Ihre Knie zitterten plötzlich.

***

Adele Rosen öffnete beim zweiten Klopfen. Selbst zu Hause war sie elegant gekleidet. Das graue Strickkleid schmeichelte ihrer schlanken Figur. Eine mit Perlen besetzte Brosche schmückte das schlichte Kleid.

„Entschuldigen Sie die Störung."

„Aber nicht doch. Kommen Sie nur herein." Frau Rosen öffnete einladend die Tür zu ihrem kleinen Reich. Der Fernseher, der auf einer Kommode aus dunklem

Holz stand, war eingeschaltet. Auf dem Fauteuil davor lag eine Wolldecke.

Maja betrat die kleine Wohneinheit. Vom winzigen Vorraum aus führte eine Tür ins Badezimmer, in dem sich auch die Toilette befand. Gegenüber war eine Kochnische eingerichtet. Der Schlafbereich war durch einen Kasten vom Wohnzimmer abgetrennt.

„Was verschafft mir das Vergnügen?“, erkundigte sich Frau Rosen freundlich.

Ohne es zu wollen, brach Maja in Tränen aus. „Meine Nerven, entschuldigen Sie bitte.“

„Na, na.“ Adele Rosen winkte Maja weiter in das Wohn- und Schlafzimmer. „Geben Sie mir Ihr Tuch und den Schal und dann setzen Sie sich erst einmal. Was ist denn passiert?“

Maja zog ein Taschentuch aus ihrer Weste und wischte sich über die feuchten Augen. Dann schnäuzte sie sich herzhaft, bevor sie ihr Schultertuch ablegte. „Mir wird das alles zu viel“, sagte sie unter weiteren Tränen. „Meine Nerven halten das nicht aus.“

Adele Rosen hatte in der Zwischenzeit den Fernseher ausgeschaltet. Sie drehte den Dimmer der Stehlampe höher. „Wie wäre es mit einer schönen Tasse Tee? Ich glaube, wir könnten beide eine vertragen.“

Maja nickte dankbar. Während Frau Rosen in der Kochnische hantierte, versuchte Maja, ihre Fassung zurückzugewinnen. Sie hatte am Esstisch Platz genommen. In einer Kristallvase stand ein Strauß mit Frühlingsblumen. Außer der Kommode, dem Esstisch samt Sesseln und dem Fauteuil gab es noch einen altmodischen Blumentisch sowie einen Bücherschrank mit Glastüren im Raum. Die Möbel hatte Adele Rosen, wie sie Maja bei deren erstem Besuch erzählt hatte, von zu Hause mitgebracht. Auch den edlen Perserteppich, der fast den gesamten Fußboden bedeckte, und die beiden Bilder an den Wänden stammten aus Frau Rosens alter Wohnung. Eines der Bilder zeigte eine Gesellschaft beim Picknick im Grünen, das andere war ein Original von Jackson Pollock, wie Adele Rosen beiläufig erwähnt hatte.

„Kann ich irgendwie helfen?“

Adele Rosen betrat das Zimmer mit einem Tablett, auf dem sie die Teekanne und zwei Tassen samt Untertassen balancierte. „Wenn Sie so nett sind und die Blumen …“

Maja rückte die Vase mit dem Strauß an den Rand des Tisches, damit Frau Rosen das Tablett abstellen konnte. „Von Ihrem Verehrer?“ Die Frage war als Scherz gemeint.

Adele Rosen nickte verschämt. „Ich habe uns eine Kräutermischung aufgebrüht. Nehmen Sie Zucker?“

Maja verneinte. Über ihren Verehrer wollte die Freundin offenbar nicht sprechen.

Adele Rosen nahm umständlich Platz. „So und jetzt erzählen Sie einmal in aller Ruhe, was Sie gar so quält.“ Während der Tee zog, berichtete Maja stockend von der psychologischen Untersuchung am Nachmittag. Frau Rosen hörte eine Weile aufmerksam zu. Schließlich unterbrach sie Majas Schilderung. „Sie müssen sich da keine Sorgen machen. Solche Untersuchungen sind reine Routine. Soviel ich weiß, werden die auch gemacht, damit man einen Antrag auf Pflegegeld stellen kann.“

„Und wenn sie das Testergebnis verwenden, um mich zu entmündigen?“

Adele Rosen tätschelte begütigend Majas Hand. Sie warf einen Blick auf ihre Armbanduhr und schenkte dann Tee ein. Die hellgrüne Flüssigkeit dampfte in den Tassen. „Wieso sollte jemand das wollen?“

Jetzt, in Gegenwart von Adele Rosen, erschien Maja dieser Gedanke selbst absurd. Sie zuckte hilflos mit den Schultern. „Damit ich keine Schwierigkeiten mache. Schönwies weiß ja, dass ich nicht hier bleiben will.“

Frau Rosen lächelte. „Sie können doch jederzeit gehen. Die Frage ist halt nur, wohin.“ Sie zog ihre Tasse näher zu sich heran. „Haus Waldesruh hat genug zahlungskräftiges Klientel.“ Sie blies in die Tasse und nippte dann vorsichtig an ihrem Tee. „Was die Auslastung betrifft, hat mir Direktor Schönwies erst vor kurzem erzählt, dass er sich vor lauter Anfragen kaum retten kann. Er überlegt sogar, auszubauen. Hinten in Richtung Park ist noch genügend Platz für ein weiteres Haus mit Einheiten für betreutes Wohnen.“

Maja war überrascht, wie gut Adele Rosen informiert war. „Aber wenn Haus Waldesruh sozusagen im Geld schwimmt, frage ich mich schon, warum die Pflegestation nicht besser besetzt ist? Schwester Erika war dort heute Abend mit dem Zivildiener allein.“

„Vielleicht ist jemand krank geworden?“ Adele Rosen zupfte am Ausschnitt ihres Strickkleids.

„Ich habe, ehrlich gesagt, den Eindruck, dass der Zivildiener mit seinen Aufgaben überfordert ist“, begann Maja vorsichtig.

„Eine Tätigkeit im Altersheim ist sicher eine schwierige Aufgabe für einen jungen Burschen. Manchmal verstehe ich gar nicht, warum man sich freiwillig eine solche Stelle aussucht. Andererseits schadet es nicht, wenn die Jugend auch diese Seite des Lebens kennen lernt. Ich glaube schon, dass solche Erfahrungen gut für das soziale Miteinander sind.“

Maja hatte keine Lust, sich auf eine weitschweifige Diskussion einzulassen. Sie räusperte sich. „Das bezweifle ich gar nicht. Aber wenn jemand aus Überforderung Dinge tut, die nicht in Ordnung sind, dann muss doch etwas geschehen, oder?"

Adele Rosen runzelte verständnislos die Stirn.

„Der Zivildiener hat einen Pflegling geschlagen."

Adele Rosens Miene verfinsterte sich. „Wie meinen Sie, geschlagen?"

Maja biss sich auf die Lippen. Was an der Feststellung verstand Frau Rosen nicht?

„Geschlagen. So." Maja klopfte mit der flachen Hand auf ihren Handrücken.

„Ach so, auf die Finger geklopft, meinen Sie", sagte Adele erleichtert und lehnte sich zurück. „Ja, ja. Das kommt vor. Manche werden eben im Alter wie kleine Kinder und brauchen ab und zu einen Klaps auf die Finger."

Maja warf der Freundin einen befremdeten Blick zu. „Möchten Sie, dass Ihnen jemand auf die Finger klopft?"

„Natürlich nicht", antwortete Frau Rosen wie aus der Pistole geschossen. „Aber das ist auch etwas vollkommen anderes. Ich weiß ja, was sich gehört. Außerdem bin ich geistig vollkommen auf der Höhe."

„Demente und verwirrte alte Leute darf man demnach schon ...?" Maja ließ den Satz unvollendet.

Adele war das Gesprächsthema sichtlich unangenehm. Sie wippte mit dem rechten Fuß auf und ab. „Schlagen? Natürlich nicht. Aber so ein kleiner Klaps, das ist doch nicht der Rede wert. Und bei manchen Bewohnern möchte ich nicht mit dem Pflegepersonal tauschen. Diese Arbeit ist wirklich kein Honiglecken, glauben Sie mir."

Der Gedanke, dass Adele Rosen selbst einmal in die Situation kommen könnte, von der Hilfe und Zuwendung anderer abhängig zu sein, schien der Freundin fernzuliegen. „Aber wenn Sie das gesehen haben, sollten Sie es der Heimleitung melden.“

„Direkt gesehen habe ich es nicht“, sagte Maja kleinlaut. „Aber ich habe es gehört.“

„Das ist dann schwierig.“ Adele stand auf, um zum Fauteuil zu gehen. Dort lag das herzförmige Kissen, das sie von ihrer Lieblingsenkelin geschenkt bekommen hatte. Sie nahm es, strich liebevoll darüber, ging zum Stuhl zurück und schob sich das Kissen als Stütze zwischen Rücken und Lehne. „Meine Bandscheiben machen mir wieder einmal zu schaffen. Die Tabletten wirken auch nicht mehr so wie früher. Gegen die Abnützung kann man leider nicht viel tun“, erklärte sie. Dann schenkte sie Tee nach. „Möchten Sie vielleicht ein paar Kekse dazu?“

Maja lehnte dankend ab. Auch wenn sie verstanden hatte, dass Frau Rosen gern das Thema gewechselt hätte, wollte sie die Sache doch nicht so einfach auf sich beruhen lassen. „Ich finde halt, wenn man seine Angehörigen nicht selber betreuen kann oder will, dann erwartet man sich von einer Einrichtung, für die man ja genug bezahlt, dass die Verwandten gut versorgt werden.“

„Selbstverständlich“, stimmte Adele zu.

„Einmal abgesehen von der Sache mit dem Zivildiener. Da ist auch noch die Geschichte mit der Mirli und die mit der Hofrätin. Wieso hat denn keiner was bemerkt?“ Maja knöpfte ihre Weste auf. „Ganz heiß steigt es mir auf, wenn ich nur daran denke.“

Adele Rosen schwieg einen Moment, bevor sie antwortete: „Die Angela war immer eine lebenslustige Person. Als dann ihr Mann, der Hofrat, gestorben ist, ist für sie eine Welt zusammengebrochen. Soviel ich weiß, war sie danach sogar in psychiatrischer Behandlung. Aber gerade in letzter Zeit ist es deutlich bergauf gegangen. Ich war selber schockiert, als ich von ihrem Tod gehört habe."

Maja nahm das Taschentuch aus ihrem Ärmel und schnäuzte sich. „Mir kommt auch die Art ihres Todes eigenartig vor. Wie kann sich denn jemand mit Tabletten betäuben und zusätzlich mit einem Plastiksackerl ersticken? Da muss doch jemand nachgeholfen haben."

Adele Rosens Tasse klirrte, als sie sie abstellte. „Ich glaube, dass Sie sich da in etwas hineinsteigern. Ich verstehe ja, dass Sie nach einer Möglichkeit suchen, Haus Waldesruh zu verlassen. Aber wollen Sie wirklich der Heimleitung etwas anhängen?"

So klare Worte hatte Maja nicht von Adele erwartet. Außerdem – wie kam sie auf die Heimleitung? „Sie meinen also, ich bilde mir das alles nur ein?"

Adele lächelte versöhnlich. „Schauen Sie. Angela war nicht die Erste, die so tragisch aus dem Leben geschieden ist. Vor ein paar Jahren hat sich hier jemand an einer Türschnalle erhängt. Sie glauben nicht, was sich die Leute einfallen lassen, wenn sie keinen anderen Ausweg mehr wissen."

„Frau Stocker hat beim Mittagstisch von schwarzen Schatten geredet. Haben Sie eine Ahnung, was sie damit meint?" Maja ließ nicht locker.

„Die hat einen Verfolgungswahn. Besonders schlimm ist es, wenn sie ihre Tabletten nicht nimmt. Einmal ist sie draußen auf mich zugestürmt und hat behauptet, dass Außerirdische im Park gelandet sind. Arm, wirklich arm." Adele Rosen schüttelte bedauernd den Kopf.

Maja trank ihren Tee aus. Es war Zeit fürs Bett.

„Ich würde Ihnen wirklich gerne helfen!"

„Das ist lieb von Ihnen." Maja erhob sich. Die Krücke hatte sie im Vorzimmer gelassen.

„Ich kenne da jemanden, den man vielleicht fragen könnte.“ Adeles Blick glitt über den Blumenstrauß.

Das Angebot rührte Maja.

„Bleiben Sie doch noch“, versuchte Adele sie zu überreden. „Drüben versäumen Sie bestimmt nichts. Ich hab im Küchenschrank noch eine Flasche Zirbengeist. Der wärmt den Magen und das Herz.“

Maja setzte sich wieder. Adele hatte Recht. Die Aussicht auf eine weitere Nacht, die sie grübelnd und mit dunklen Vorahnungen in Gesellschaft der schnarchenden Zimmernachbarin verbrachte, war wenig attraktiv. Ein Stamperl Zirbener würde sie vielleicht auf andere Gedanken bringen.

***

Moser legte ein in Zeitungspapier gewickeltes Packerl auf den Beifahrersitz und mehrere Flaschen Obstler in den Fußraum dahinter. Es war später als geplant geworden. Aber wenigstens hatte er auch das erledigt. Einige seiner Kunden warteten dringend auf Nachschub und ihm war es recht, dass er sich etwas dazuverdienen konnte. Auch wenn er in Haus Waldesruh nur für die Verpflegung zahlen musste, blieb ihm von seiner kleinen Pension nicht sehr viel. Dem Svoboda würde er aber keinen Schnaps mehr verkaufen. Der Alte soff einfach zu viel und hatte sich schon wieder mit der Flasche erwischen lassen. Hoffentlich hatte er sich in der Fettn nicht verplaudert. Es war schwierig genug, Geschäfte dieser Art diskret über die Bühne zu bringen.

Moser startete den Wagen und rollte vom Parkplatz zurück auf die dringend reparaturbedürftige Straße. Nach etwa einem Kilometer fuhr er auf die Autobahn auf und genoss erneut den Fahrkomfort des BMW.

Diesen Wagen hatte er sich sicher nicht zum letzten Mal ausgeborgt. Und falls Schönwies dahinterkam, dass er sein Auto benutzte, würde er ihm unter die Nase reiben, dass er von seinen kleinen Geschäften wusste. Das war zwar mehr ein Schuss ins Blaue, denn Fakten hatte er ja keine, aber mit ein wenig Glück reichte allein die Drohung. Auf eine Konfrontation würde es der Direktor schon nicht ankommen lassen. Zumindest hoffte Moser das.

Er drehte das Radio auf. Sie spielten den *Vorstadtcasanova* von Georg Danzer. Moser sang mit – sehr laut und ziemlich falsch. Ein pflichtbewusster Verkehrspolizist hätte ihm allein schon deshalb den Führerschein abnehmen müssen. Allerdings war keiner in der Nähe und Moser hatte auch keinen Führerschein dabei.

Er lenkte lässig mit dem Handballen und widerstand dem Bedürfnis, eine zu rauchen. Er schaffte es relativ lange, verlor den Kampf gegen seine Sucht aber letztendlich doch. Er zog die Zigarette aus der Brusttasche seiner Jacke, tastete nach dem Feuerzeug und öffnete das Fenster einen Spalt breit. Er war sich nicht sicher, ob Schönwies im Auto rauchte. Falls nicht, würde sich der Geruch bis zum Haus Waldesruh bestimmt verflüchtigt haben. Notfalls musste Moser mit dem Klospray nachhelfen. Er ließ das Fenster noch ein paar Zentimeter weiter nach unten gleiten und schaltete die Lüftung ein.

Moser war guter Dinge. Der Abend hatte sich alles in allem gelohnt. Die Zigarette hing lässig aus seinem Mundwinkel. Das Leben war im Grunde schön.

Dass der Fahrer vor ihm abrupt bremste, hatte Moser nicht einkalkuliert. Er reagierte dennoch geistesgegenwärtig, bremste, lenkte, scherte aus und verhinderte so einen Aufprall. Dass ihm bei dem Manöver die Zigarette aus dem Mund gefallen war, registrierte er einige Sekunden zu spät. Seine Pulsfrequenz war noch erhöht, als er ein Brennen an den Oberschenkeln spürte. Er griff sich zwischen die Beine, bekam die Zigarette zu fassen und warf sie aus dem Fenster.

Gleich bei der nächsten Möglichkeit hielt er an, um nachzusehen, wie groß der Schaden war, den sein Glimmstengel angerichtet hatte.

„Pfoa, pfoa", schnaubte er. „Pfoa!" Mit dem dunklen Brandfleck war eigentlich zu rechnen gewesen. „Pfoa", kommentierte er das Malheur noch einmal und strich mit den Fingern ein paar Mal über den Fleck. Dann besah er sich seine Jeans. Sie waren unversehrt geblieben. Gern hätte er den Brandfleck auf dem Ledersitz gegen ein Loch in der Hose getauscht.

Zur Beruhigung rauchte er eine weitere Zigarette. Diesmal an der Kühlerhaube stehend und mit Blick auf den nächtlichen Straßenverkehr.

Die Eingebung war vage, eine solche Lösung gehörte auf jeden Fall gründlich überdacht. Aber Moser war zufrieden mit dem Hauch eines Plans, den der Nachtwind in sein grübelndes Gehirn geweht hatte. Einigermaßen entspannt stieg er wieder in den Wagen, um das Auto endlich zurück zum Parkplatz hinter dem Altersheim zu bringen.

Bevor er in die Waldgasse einbog, schaltete Moser die Scheinwerfer des Wagens aus. Man musste sein Glück schließlich nicht herausfordern.

In der Werkstatt des Hausmeisters brannte noch Licht. Moser war überzeugt, dass er von Harry nichts zu befürchten hatte. Der Hausmeister rauchte ab und zu gern ein wenig Gras. Nachdem Moser ihn gestern mit einer frischen Lieferung versorgt und dazu auch noch eine kleine Flasche Wacholderschnaps mitgebracht hatte, machte sich Harry jetzt bestimmt einen gemütlichen Abend und döste vermutlich vor dem Fernseher.

Ganz in Gedanken, hätte Moser fast die Gestalt übersehen, die gefährlich nahe der Kühlerhaube den Platz überquerte. Er sprang auf die Bremse. Der Wagen stoppte mit einem Ruck. Moser atmete erleichtert durch den Mund aus.

Wie ein Schatten stand sie angewurzelt vor dem Wagen. Moser schaute in Majas erschrockenes Gesicht. Sie hatte einen Schal um den Kopf gewickelt, beinahe hätte er sie nicht erkannt. Er überlegte, ob er aussteigen sollte, um sie zu fragen, ob auch alles in Ordnung war. Das hätte allein die Höflichkeit geboten. Andererseits, wenn er jetzt aus diesem Auto stieg, dann gab es eine Mitwisserin, neugierige Fragen und wer weiß was noch für Brösel. Während er um eine Entscheidung rang, setzte Maja ihren Weg fort. Nach ein paar Metern drehte sie sich noch einmal um. Moser hätte zu gern gewusst, was ihr durch den Kopf ging.

***

Schwester Erika zerknüllte das Schreiben. Sie hatte sich auf eine Tasse Kaffee ins Schwesternzimmer zurückgezogen. Nachdem die Pfleglinge versorgt waren, stellte sie sich auf einen halbwegs störungsfreien Nachtdienst ein. Der Zivildiener war nach der spätnachmittäglichen Fütterung der Alten und der Medikamentenausgabe nach Hause gegangen.

Wie sollte sie aus dieser Sache bloß herauskommen? Die hatten sich bestimmt geirrt. Anders konnte es gar nicht sein!

Sie griff nach dem Papier und strich es glatt. Inkassobüro – allein das Wort klang bedrohlich. Ihre Finger zitterten. Bis jetzt hatte sie es immer irgendwie geschafft, die Löcher in ihrem Budget zu stopfen.

Sie kaute abwesend an der Nagelhaut ihres Zeigefingers. Der metallische Geschmack, der sich in ihrer Mundhöhle ausbreitete, ließ sie innehalten. Sie betrachtete die Blutstropfen, die aus der Wunde sickerten. Schmerz spürte sie keinen.

Die eleganten Stiefel waren unten, in ihrem Spind in der Garderobe, wo auch der neue Mantel hing. Dass sie ihre Tochter zu Beginn des Schuljahres neu eingekleidet hatte, war selbstverständlich gewesen. Markenklamotten hatten es sein müssen, keine Frage. Als gute Mutter hätte sie es unverantwortlich gefunden, wenn die Mitschülerinnen ihr Kind zum Außenseiter stempelten, nur weil sie die falschen Jeans oder Shirts trug. Der Schikurs musste auch noch bezahlt werden. Als Alleinerzieherin wog die Verantwortung für die Tochter doppelt. Wenn die Kleine schon keine intakte Familie hatte, sollte sie wenigstens materiell nicht zu kurz kommen. Dass Geri, ihr Ex-Mann, so wenig Verständnis für die Bedürfnisse seines Kindes hatte, ärgerte sie. Er könnte ruhig mehr beitragen. Schließlich war er es gewesen, der die Familie wegen einer anderen verlassen hatte.

Schwester Erika setzte ihre Designerbrille ab, stützte die Ellenbogen auf den Tisch und vergrub ihr Gesicht in den Händen. Geri würde ihr sicher kein Geld leihen. Auch ihre Mutter nicht. Die wartete immer noch auf die Rückzahlung der tausend Euro, die sie sich im Dezember geborgt hatte. Nur vorübergehend, hatte sie ihr versprochen und von einer Gehaltserhöhung fantasiert, die ihr in Aussicht gestellt worden sei. Wenn ihre Mutter wüsste, dass sie den Großteil des Geldes gleich direkt an die drei Versandfirmen überwiesen hatte. Und eine Geldbörse hatte sie sich gekauft. Louis Vuitton, ein Sonderangebot, dermaßen günstig, dass sich kein vernünftiger Mensch eine solche Gelegenheit entgehen lassen würde. Dass ihre Mutter diese Sichtweise teilte, bezweifelte Erika. Sie hatte ihr schon öfter ins Gewissen geredet und sie beschworen, nicht über ihre Verhältnisse zu leben. Schließlich trug sie die Verantwortung für das Kind und sollte ihm ein gutes Vorbild sein. Bis zur Geldspritze im Dezember hatte sich ihre Mutter nach längerem Hin und Her jedoch immer wieder erweichen lassen und Erika, hauptsächlich wegen der Enkelin, aus der Patsche geholfen. Dass sie dieses Mal wieder einspringen würde, erschien Erika als äußerst unwahrscheinlich. Zu heftig war das Donnerwetter der Mutter gewesen, bevor sie endlich mit den tausend Euro herausgerückt war.

Erika las den Brief des Inkassobüros erneut, obwohl sie den Text mittlerweile auswendig kannte. Wo war nur all dieses Geld geblieben, das sie den Firmen angeblich schuldete? Sie betrachtete die Aufstellung. Einen großen Teil davon machten die Gebühren und Verzugszinsen aus. Ob das alles richtig berechnet war? Sollte sie bei der Gewerkschaft oder dem Konsumentenschutz nachfragen?

Das Oberteil der Schwesterntracht klebte an Erikas Körper. Ihr Deo kam kaum gegen den Schweißgeruch an. Ihre Haare waren strähnig. Sie hatte gestern keine Zeit gehabt, sie zu waschen. Noch nie hatte sie ihre Körperpflege dermaßen vernachlässigt. Ihre Gedanken drehten sich im Kreis. Was, wenn sich die Geldeintreiber an ihren Arbeitgeber wandten? Diese Sorge hatte sie bislang immer weit von sich geschoben. Eine

Gehaltspfändung würde Schönwies nicht tolerieren. Er war ohnehin nicht gut auf sie zu sprechen. Seiner Ansicht nach hatte sie zu viele Krankenstände und dass sie ihren Pflegeurlaub immer zur Gänze ausschöpfte, passte ihm auch nicht.

Erika schnaubte verbittert. Mit seinem sozialen Engagement war es nicht weit her, wenn es um die eigenen Angestellten ging. Heute Nacht war sie schon wieder mit Sonja allein. Vielleicht konnte sie ihre Kollegin zum nächtlichen Kontrollgang überreden, den Schönwies nun auch für die Wohneinheiten nebenan verordnet hatte. Als ob sich damit ein Selbstmord verhindern ließe.

Erika nahm den Schlüsselbund vom Tisch und sperrte den Schrank auf. Sie öffnete eine der Medikamentenschachteln, drückte zwei Tabletten aus der Folie, schob sie in ihren Mund und spülte mit Kaffee nach. Das Beruhigungsmittel würde ihr helfen, die privaten Sorgen in Zaum zu halten, damit sie diesen Nachtdienst überstand.

Schönwies würde sie kündigen, wenn es zu einer Gehaltspfändung kam – davon war sie überzeugt. Er hatte von Anfang an ein Problem mit ihr gehabt. Wahrscheinlich war sie ihm zu selbstständig. Einer wie ihr konnte keiner was erzählen. Dazu hatte sie viel zu viel gesehen. Sie wusste, wo der Bartl den Most herholte. Und diese Sonderprojekte, die er sich immer einfallen ließ – Therapietiere, ein Wohlfühlzimmer –, Schwester Erika lachte trocken auf. Auch wenn sie Tiere mochte – im Grunde brauchte das kein Mensch.

Sie griff erneut nach dem Schriftstück. Sie musste nachdenken, wie sie am besten aus diesem Schlamassel herauskam. Sie nahm sich eine Zigarette aus der Packung, die neben einer halb vollen Kaffeetasse lag.

Die Packung gehörte eigentlich Sonja. Die hatte wieder zu rauchen begonnen, weil ihr der Job zu stressig war. Alex hatte ganz Recht gehabt, als er ihr vorgeworfen hatte, dass sie einfach zu weich für diese Arbeit war. Im Umgang mit den alten Leuten brauchte man einen guten Magen und Nerven wie Drahtseile. Sonst drohte ein Burnout. Sonja war auf dem besten Weg dorthin.

Erika sog gierig an der Zigarette und starrte dem Rauch nach, der aus ihrem Mund strömte. Der Wasserhahn brauchte eine neue Dichtung. Das Geräusch der Tropfen, die in das Nirosta-Waschbecken platschten, ging ihr auf die Nerven. Womit hatte sie dieses beschissene Leben eigentlich verdient?

Das unerwartete Auftauchen Sonjas riss Erika aus ihren Gedanken. Sie schob den Brief in ihre Tasche. Neben der Pflegehelferin kam sich Erika vor wie ein Walross, obwohl sie selbst durchaus schlank war und eine ansprechende Figur hatte. Auch wenn Sonja nach den Maßstäben der Modelmagazine als hübsch galt, haderte sie selbst mit ihren Sommersprossen, den leuchtend roten Locken und ihrem hellen Teint. Erika meinte, sie sehe aus wie eine irische Prinzessin. Der alte Nazl hingegen nannte Sonja eine Hexe und fragte – am liebsten im Beisein von Publikum –, wo sie ihren Besen geparkt habe. Früher, als Sonja dem alten Mann noch regelmäßig beim Waschen hatte helfen müssen, hatte er sie mit Unflätigkeiten in Verlegenheit gebracht.

Mittlerweile half der Zivildiener Nazl bei der Körperpflege. Den Protestaktionen des alten Mannes gegen diese Neuerung begegnete Otto auf seine Weise, wie Sonja, der kaum etwas entging, wusste. Dass der Zivildiener Nazl wegen seines verschrumpelten Penis hänselte, war zwar moralisch nicht in Ordnung. Aber nachdem der Alte auch sonst kein angenehmer Zeitgenosse war, würde sie sich, solange sich Ottos Beleidigungen im Rahmen hielten, bestimmt nicht einmischen.

„Bitte komm. Ich glaube, mit der Haberlander geht es zu Ende!“ Sonja wirkte aufgeregt.

„Gleich“, antwortete Erika, griff demonstrativ nach der Kaffeetasse und nahm noch einen Schluck, bevor sie langsam aufstand.

Frau Haberlanders Bett war mit einem Paravent notdürftig vom restlichen Zimmer abgetrennt. Die Luft im Raum war abgestanden, die an der Wand befestigte Lampe warf schwaches Licht auf das Gesicht der alten Frau. Sie hatte die Augen geschlossen, ihr Atem ging stoßweise und auf ihrer Stirn hatten sich Schweißtropfen gebildet.

„Glaubst du, dass sie Schmerzen hat?“ Sonja wischte Frau Haberlander mit einem feuchten Waschlappen über die Stirn.

„Ich hol Morphium.“

„Sollten wir nicht den Doktor anrufen?“ Sonja betrachtete die Greisin besorgt.

„Der kann ihr auch nicht mehr helfen“, sagte Erika nüchtern. Sie hatte schon etliche Heimbewohner sterben gesehen und kannte die Anzeichen nur allzu gut. Cäcilie Haberlander würde die nächste Frühstücksausgabe mit an Sicherheit grenzender Wahrscheinlichkeit nicht mehr erleben.

„Was ist los, geht es der Frau Haberlander schlechter?“, machte sich eine Stimme aus dem Bett am Fenster bemerkbar.

„Schlafen Sie weiter, Frau Kröll“, antwortete Erika ungehalten. Die Alte hatte doch ein Schlafmittel bekommen. Wieso war sie wach? Erika nahm sich vor,

Heschler eine Erhöhung der Dosis vorzuschlagen. Dann ging sie zurück ins Schwesternzimmer, um das Morphium aus dem Giftschrank zu holen.

Sonja hatte sich an das Bett der alten Frau gesetzt. Als Erika mit einer Schale, auf der sich das Desinfektionsmittel, ein Tupfer zum Abwischen und die Spritze befanden, das Zimmer betrat, sang Sonja der alten Frau gerade mit leiser Stimme ein Schlaflied vor.

Erika drängte die Kollegin zur Seite, beugte sich über die Alte und griff nach deren Handgelenk. Sie fühlte ihren Puls. Die alte Frau bewegte unruhig ihre Beine, als wollte sie sich von einer Last freistrampeln. Das wird dir helfen, leichter in die Ewigkeit zu gleiten, dachte Erika, als sie das Morphium durch die Membran des Port-A-Cath, der unter dem Schlüsselbein der Greisin implantiert war, spritzte.

„Ich bring sie hinunter", sagte sie. „Hilf mir mit dem Bett. Vielleicht rückst du zuerst den Paravent zur Seite?"

Sonja zögerte. „Muss das wirklich sein?"

Erika hatte keine Lust auf Debatten. „Du kennst die Vorschriften. Und mach dir keine Sorgen. Sie kriegt ohnehin nichts mehr mit." Erika deutete mit dem Kinn auf die alte Frau.

Sonja fügte sich mit einem tiefen Seufzer. Mit vereinten Kräften schoben sie das Krankenbett aus dem Zimmer. Sonja knipste die Wandlampe aus. Im Schein der Notbeleuchtung wirkte das Zimmer gespenstisch. Bildete sie sich das ein, oder betete die alte Kröll tatsächlich das *Gegrüßet seist du, Maria*? Sonja zog die Tür ins Schloss.

„Bleib du auf der Station. Ich schaff das schon allein", wies Erika die Kollegin an. Sie wartete, bis Sonja um die Ecke verschwunden war. Dann ging sie zurück ins Zimmer. Sie zog Cäcilie Haberlanders Nachttischschublade auf und nahm die Geldbörse heraus. Nicht viel, aber besser als gar nichts, dachte sie und schob die Scheine in ihre Tasche. Dort, wo die alte Frau jetzt hinging, brauchte sie kein Geld mehr.

***

Majas Knie zitterten. Der Tag hatte schon genug an ihren Nerven gezerrt. Ein Unfall hätte da gerade noch gefehlt. Was hatte der Kerl auch ohne Licht mitten in der Nacht auf dem Gelände des Altersheims zu suchen? Nachträglich ärgerte sie sich, dass sie diesem rücksichtslosen Menschen nicht sofort ordentlich die Meinung gesagt hatte. Wäre sie nicht geistesgegenwärtig einen Schritt zurückgewichen, hätte dieser Rowdy sie glatt überfahren. Sie warf einen Blick nach hinten. Der Wagen stand immer noch dort. Nach wie vor ohne Licht. Maja überlegte, ob sie den Vorfall melden sollte. Wer weiß, wer sich da mitten in der Nacht auf dem Gelände der Seniorenresidenz herumtrieb.

Beim Hausmeister brannte noch Licht. Besonders einfühlsam war er nicht gewesen, als sie ihn wegen des Exhibitionisten im Park angesprochen hatte, erinnerte sie sich. „Ach der schon wieder“, hatte er gemurmelt. „Ist gut, ich kümmere mich darum.“ Als Maja wissen wollte, ob er den Unhold kannte, hatte er sie regelrecht abgeschasselt. „Machen Sie sich keine Sorgen, gnä’ Frau. Wir regeln das schon.“ Maja hatte den Eindruck gehabt, dass dem Hausmeister der außertourliche Aufwand lästig war.

Sie schaute durch das Fenster in die Werkstatt. Harry saß mit dem Rücken zu ihr vor dem Fernseher. Seine Beine lagen auf dem Tisch. Sie tippte sacht gegen die Scheibe. Der Hausmeister reagierte nicht. Sie klopfte ein weiteres Mal, diesmal fester. Harry änderte seine Sitzposition, drehte sich aber nicht zu ihr um. Es dauerte einen weiteren Moment, bis sie begriff, dass Herr Harry schlief. Bekam er diese Zeit auch bezahlt? Sie schüttelte den Kopf. Zustände waren das. Sie warf einen Blick zurück zum Haupthaus. Der Wagen war verschwunden. Sie hätte sich das Kennzeichen merken sollen oder zumindest die Marke. Dunkel war das Auto gewesen, soviel konnte sie bezeugen. Wahrscheinlich erntete sie sowieso nur ungläubiges Kopfschütteln und musste sich rechtfertigen, warum sie mitten in der Nacht noch unterwegs war. Darauf verzichtete sie gerne.

Sie ging vorsichtig um das Haus herum in den Hof. Ihre Krücke hatte sie bei Adele vergessen. Es ging auch ohne ganz gut, stellte sie fest.

Adele hatte ihr eine Taschenlampe geborgt und verraten, wie man nachts ungesehen ins Haus gelangte. Der Haupteingang war um diese Zeit nämlich versperrt. Nachdem sie keinen Schlüssel besaß, hätte sie läuten müssen. Im Nachhinein betrachtet war sie ganz froh darüber, dass Herr Harry nicht aufgewacht war.

Die metallene Tür fand sie auf Anhieb. Sie drückte vorsichtig die Klinke hinunter. Das Scharnier quietschte ein wenig. Sie betrat eine Rampe. Der anschließende Gang leuchtete gespenstisch in der neongrünen Notbeleuchtung. Maja versuchte, sich zu orientieren. Adele Rosen hatte ihr genau beschrieben, wie sie von der Tür zum Aufzug kam. Wenn sie wollte, konnte sie auch die Stiegen benützen.

Dann hörte sie plötzlich ein dumpfes Rumpeln, das in ihre Richtung kam. Panisch schaute sie sich nach einem geeigneten Versteck um. Vergeblich. Die einzige Möglichkeit, die sich bot, war, um die Ecke zu schlüpfen und zu hoffen, dass sie unentdeckt blieb.

Das Rumpeln wurde lauter. In das Geräusch mischte sich ein Quietschen und dazu ein fester Schritt, den Maja nur allzu gut kannte. Sie riskierte einen Blick. Tatsächlich war es Schwester Erika, die ein Bett den Gang entlangschob. Maja zog den Kopf rasch wieder zurück. Die Schwester sollte auf keinen Fall auf sie aufmerksam werden.

Das vordere Ende des Krankenbettes war nur noch wenige Meter entfernt. Erneut sah Maja sich um. Sie konnte den Gang höchstens noch ein Stück weiter in die entgegengesetzte Richtung gehen. Selten zuvor hatte sie sich so sehr nach dem sprichwörtlichen Erdboden gesehnt, in dem man einfach versinken konnte.

Dann hörte das Rumpeln und Quietschen plötzlich auf. Auch Schwester Erikas fester Schritt war nicht mehr zu hören. Dafür ihre Stimme: „Gleich haben Sie es überstanden“, hörte Maja. Gänsehaut rieselte ihr über den Rücken. Eine Tür wurde geöffnet, Metall schrammte an Metall, dann wieder ein Quietschen. Majas Nerven waren zum Zerreißen gespannt. Nach einer Weile vernahm sie, wie die Tür geschlossen wurde. Erikas Schritte entfernten sich. Erleichtert atmete Maja auf.

Natürlich musste sie herausfinden, ob tatsächlich jemand in dem Bett gelegen hatte. Noch lieber aber wäre sie davongelaufen und hätte sich in ihrem früheren Zuhause in den Schaukelstuhl geflüchtet und gehofft, dass das alles nur ein schlimmer Traum war.

Nachdem Maja sich überzeugt hatte, dass sie nun wirklich alleine in dem unwirtlichen Kellergang war, ging sie zu der Tür. Der Schlüssel steckte außen im Schloss. Sie legte ihr Ohr an das kalte Metall.

Ihre Hand zitterte, als sie die Klinke nach unten drückte. Die Tür ließ sich mühelos öffnen. Drinnen war es stockfinster. Maja tastete nach einem Lichtschalter. Mit einem Klicken schalteten sich die beiden Neonröhren an der Decke ein. Maja hielt sich geblendet die Hand vor die Augen. Sie blinzelte.

Das Krankenbett stand vor einem Regal mit Kübeln, Putzmitteln und diversen anderen Gerätschaften. Daneben gab es einen Kasten, vor dem ein zusammengerollter Gartenschlauch lag. Auch das Bügelbrett und eine Leiter wurden hier aufbewahrt.

Der Raum war klein und ohne Fenster. Es stank nach Fischmehl, den Ausdünstungen von Medikamenten und nach ... Maja überlegte: War das der Geruch von Angst?

Das Stöhnen, das vom Bett her kam, weckte Majas Mitgefühl. Sie konnte nicht einfach davonrennen. Beklommen machte sie einen Schritt auf das Bett zu, zupfte zögerlich das Leintuch, mit dem die Person fast bis zum Haarschopf bedeckt war, zur Seite. Das weiße Neonlicht kannte keine Gnade. Sie blickte auf ein ausgemergeltes, gelbliches Gesicht. Die Lider zuckten, dünne Haarsträhnen klebten an der mit Schweiß bedeckten Stirn. Maja hatte ihre ehemalige Bettnachbarin ein paar Wochen nicht mehr gesehen. Sie war schon damals sehr dünn gewesen, doch nun war sie bis auf das Skelett abgemagert. Die Erkenntnis, dass Frau Haberlander zum Sterben in ein Abstellkammerl geschoben worden war, traf Maja hart. Tränen schossen ihr in die Augen. Atmen, ausatmen, tief ausatmen! Maja blies die Atemluft durch den offenen Mund, bis sie sich langsam wieder in Gewalt hatte. „Das geht nicht", sagte sie. „Die können die Leute doch nicht einfach so verrecken lassen." Das Bild vor ihren Augen verschwamm. Sie wischte sich über die Augen. „Ich hole Hilfe. Sie brauchen einen Arzt", stammelte sie. Dann tätschelte sie die Hand der Sterbenden. „Gleich bin ich wieder da. Keine Angst“, flüsterte sie. Die Türschnalle schon in der Hand, fügte sie hinzu: „Es wird alles gut.“ Die Floskel war ihr herausgerutscht und wäre sie nicht so aufgeregt gewesen, hätte sie sich bestimmt dafür geniert. Das Licht ließ Maja an. Vielleicht war Sterben weniger schwer, wenn man sich davor nicht im Dunkeln fürchten musste?

In ihrer Aufregung ging sie zurück zur Rampe und riss die Tür auf, durch die sie ins Haus gekommen war. Kühle Nachtluft schlug ihr entgegen.

„Guten Abend“, sagte eine ihr wohlbekannte Stimme.

***

Moser trat die Glut seiner Zigarette mit der Spitze seiner Stiefel aus.

„Herr Moser. Gut, dass Sie da sind“, sagte Maja erleichtert. Sie berichtete in knappen Worten von ihrer Entdeckung im Abstellraum. „Die braucht dringend einen Arzt. Wie kommt Schwester Erika dazu, die alte Frau einfach so in einem Kammerl verrecken zu lassen?“ Majas Stimme zitterte vor Empörung.

Moser war sofort bereit zu helfen. Er folgte Maja in den Raum mit der Sterbenden. „Hier kann auch der Arzt nichts mehr ausrichten“, sagte er nach einem eingehenden Blick auf Cäcilie Haberlander bedauernd.

„Trotzdem können wir sie nicht einfach hier lassen.“ Maja überlegte einen Moment. „Wir sollten den Direktor oder jemanden vom Personal verständigen. Es muss ja noch jemand außer Schwester Erika im Dienst sein.“

Moser kratzte sich am Kinn. „Ich hätte da eine andere Idee.“

Maja schaute ihn abwartend an. Irgendwie hatte sie das Gefühl, dass man ihm vertrauen konnte.

Wenig später stand das Bett mit der Sterbenden unter einer noch spärlich belaubten Espe im angrenzenden Park. Moser hatte in einem Kasten Decken gefunden. Gemeinsam hatten sie die alte Frau darin eingehüllt.

Das ist aber schnell gegangen, dachte Moser. Er erinnerte sich an den Zusammenstoß mit Schwester Erika, als er vor einigen Wochen verhindert hatte, dass Frau Haberlander aus dem Bett fiel.

Maja und Moser hatten sich nebeneinander auf die Bank unter dem Baum gesetzt. Auch Maja hatte sich in eine Decke gewickelt. Es war nahezu windstill. Der Mond war fast voll. Ab und zu hörte man ein Knacken im Geäst.

„Kann eine lange Nacht werden“, sagte Moser. Die Beine der alten Frau zuckten in unregelmäßigen Abständen. Ihr Atem ging stoßweise. Die Blätter des Laubbaums raschelten im Wind. Maja hielt die Hand der Sterbenden. Sie fühlte sich heiß an.

„Ich hab Angst“, sagte sie leise.

Moser drückte ihren Arm. „Kein Wunder, wenn es ums Sterben geht.“

Maja überlegte einen Augenblick, ob sie weiterreden sollte. Warum nicht? Im Grunde hatte sie nichts zu verlieren. „Das allein ist es nicht.“

Moser schlug den Kragen seiner Jacke hoch und steckte die Hände in die Taschen. Er zeigte keine Anstalten, nachzufragen.

„Hier stimmt etwas nicht.“

Moser wandte ihr das Gesicht zu. Im fahlen Mondlicht waren seine Züge nur vage auszumachen. „Was meinen Sie mit, stimmt nicht?" Majas Behauptung hatte ihn hellhörig gemacht.

„Zuerst die Mirli, dann die Hofrätin und jetzt diese Sache da", Maja deutete auf das Bett. „Ich komm mir vor wie in einem Horrorfilm. Einem über ein Altersheim, wo alte Leute systematisch zu Tode gepflegt werden." Sie warf Moser einen bangen Blick zu. Würde er sie auslachen?

„Aber in einem Altersheim sterben die Leute nun einmal", sagte er. „Natürlich wäre es einem lieber, wenn sie friedlich im Bett einschlafen täten."

Maja schüttelte ungeduldig die Decke von sich. „Wenn einmal gewisse Schranken gefallen sind, dann ist es zum nächsten Schritt nicht mehr weit. Erinnern Sie sich noch an Lainz?"

Moser war verwirrt. Wie kam sie jetzt auf die Krankenschwestern, die vor Jahren in einer Wiener Pflegeeinrichtung hilflose alte Menschen umgebracht hatten? Er zog seinen Tabak aus der Tasche. „Sicher, wer könnte das vergessen? Todesengel hat man die Schwestern genannt, oder?"

„Lainz war sicher kein Einzelfall. So was kommt immer wieder vor. Lästige Alte werden ausgemustert. Sie gehen ja doch niemandem ab. Wenn noch Geld da ist, wird es ihnen vorher aus der Tasche gezogen." Maja hatte Frau Haberlanders Hand losgelassen. Sie stand nun neben dem Bett und wippte auf den Zehen, um sich aufzuwärmen.

„Haben Sie Beweise?" Mosers Zigarette glühte im Dunkeln auf.

„Eben nicht. Das ist es ja."

„Aber Sie glauben, dass bei der Mirli und der Hofrätin jemand nachgeholfen hat?"

„Kommt Ihnen das so absurd vor?“ Majas Stimme klang zaghaft, wie die eines kleinen Mädchens.

Moser zog schweigend an seiner Zigarette. Maja hätte viel darum gegeben, seine Gedanken zu lesen.

„Vielleicht glauben Sie ja auch, dass ich mir nur etwas einbilde. Aber dass alte Leute geschlagen werden, das fantasiere ich sicher nicht.“

„Wer haut wen?“ In Mosers Stimme schwang ein scharfer Unterton mit.

„Der Zivildiener einen Pflegling.“

„Das haben Sie gesehen?“

„Nicht direkt.“ Sie berichtete von dem Vorfall im Badezimmer.

„Mmh.“ Moser schwieg eine Weile. „Möglich ist es natürlich. Aber vielleicht hat auch der alte Mann dem Zivildiener eine betoniert. So was kommt vor. Demente können ziemlich auszucken. Man möchte nicht glauben, wie viel Kraft in so einem alten Körper steckt.“

Maja runzelte die Stirn. So hatte sie die Sache noch nicht betrachtet.

Moser legte seine Hand auf ihren Unterarm. „Ehrlich gesagt, dass ein Mörder in Haus Waldesruh umgeht, kann ich mir nicht vorstellen. Da glaub ich eher, dass die Heimbewohner wie die Weihnachtsgänse ausgenommen werden.“

„Ich bestimmt nicht“, sagte Maja trocken. „Ich hab nämlich nichts. Außer vielleicht Joes Bilder. Aber die sind in Sicherheit.“

„Das ist gut.“ Moser betrachtete erst die Sterbende und dann den Sternenhimmel.

„Wer wird um sein Geld gebracht?“, fragte Maja nach einer Weile.

„Die, die noch was haben.“

Mosers kryptische Antwort ärgerte Maja. Wieso vertraute er ihr nicht?

„Den Zivildiener werde ich jedenfalls im Auge behalten. Wenn er wirklich auf Wehrlose hinhaut, dann ..." Moser sprach den Rest der Drohung nicht aus. Maja musterte ihn skeptisch. Würde er sich auf eine Rauferei mit Otto einlassen? Seine schiefe Nase sprach dafür.

Die alte Frau unter der Decke regte sich. Maja beugte sich über sie und wischte ihr mit dem Zipfel des Leintuchs über das schweißnasse Gesicht. Dann griff sie nach ihrer Decke, wickelte sich ein und nahm erneut die Hand der Sterbenden in ihre.

„Wieso sind Sic cigentlich hier?"

Moser hatte sich auf die Bank gesetzt und kramte schon wieder nach Tabak und Zigarettenpapier.

„Weil man auf dem Zimmer nicht rauchen darf", sagte er und hoffte, dass ihr diese Antwort genügte. Vielleicht hatte sie ihn doch erkannt, als er sie vorhin beinahe niedergestoßen hätte, und wollte nun wissen, wie er zu dem Wagen kam und wo er damit gewesen war.

Maja lachte. „Nein, ich meine, warum Sie im Heim sind?"

„Ach so", sagte Moser erleichtert.

„Eine Idee meiner Tochter." Er legte das Zigarettenpapier auf seinen Schoß und verteilte den Tabak darauf. „Sie wollte sich keine Sorgen um mich machen. Da hab ich ihr den Gefallen getan und bin hier eingezogen."

„So sehen Sie gar nicht aus."

„Wie?"

„Ich meine", stotterte Maja. „Sie wirken wie jemand, der sich von anderen nichts dreinreden lässt. Macht Ihnen die Abhängigkeit im Heim nichts aus?"

Moser holte eine kleine Plastikdose aus der Brusttasche seiner Jacke. Er öffnete sie und nahm eine murmelgroße Kugel zwischen Daumen und Zeigefinger. „Einsperren lasse ich mich sowieso nicht. Im Grunde hat sich mein Leben nicht sehr verändert. Außer, dass ich mich nicht mehr um den Haushalt kümmern muss, und das geht mir wirklich nicht ab." Moser hielt die Flamme seines Feuerzeugs an die Kugel. Harziger Duft breitete sich aus.

„Bei Ihrer Tochter wollten Sie nicht leben?"

„Das wäre meinem Schwiegersohn sicher nicht recht." Moser räusperte sich. „Der stellt sich einen Opa anders vor. Aber solange meine Tochter mit ihm glücklich ist ..." Moser rieb kleine Brösel von der Kugel und verteilte sie auf dem Tabak. „Sie haben hoffentlich nichts dagegen", sagte er und deutete auf seinen Schoß.

„Nein, nein. Heute passt das irgendwie." Maja streichelte abwesend Frau Haberlanders Hand.

Moser leckte über den Klebestreifen des Papiers, steckte den Joint zwischen die Lippen und ließ sein Feuerzeug aufschnappen. Er nahm einen tiefen Zug. Nach einer Weile ließ er den Rauch langsam aus Nase und Mund strömen. „Und Sie? Wollen Sie immer noch weg von hier?"

„Ach geh", seufzte Maja. „Wenn ich könnte, würde ich lieber heute als morgen meine Sachen packen und heimfahren."

Moser grunzte.

„Mir geht mein großer Garten ab. Die Obstbäume, die sicher schon blühen, meine Rosenstöcke ... Sie müssten es sehen. Ich glaube, es würde Ihnen auch gefallen. Das Haus braucht zwar ein paar Handgriffe, das Dach gehört bald einmal erneuert und auch ein Anstrich würde nicht schaden. Aber es ist so gemütlich. Am Abend kann man vom Atelier aus den Sonnenuntergang sehen. Im Winter mach ich es mir im Schaukelstuhl vor dem Kachelofen bequem und hör dem Wind zu", schwärmte Maja. „Und so gut wie in meinem Bett hab ich hier noch kein einziges Mal geschlafen", setzte sie trotzig hinzu.

Moser hatte sich behaglich zurückgelehnt.

„Wieso ziehen Sie dann nicht einfach aus?", presste er mit angehaltenem Atem heraus. Er lehnte seinen Fuß gegen eines der Räder des Bettes. Der Rauch kräuselte sich über ihren Köpfen.

„Wenn das so einfach wäre."

Moser bot Maja den Joint an. „Wollen Sie auch?"

Sie zögerte. „Warum eigentlich nicht?" Sie hatte seit Jahren nicht mehr gekifft. Das letzte Mal, an das sie sich erinnerte, war bei einer Vernissage gewesen. Joe hatte sich ab und zu bei einem Joint entspannt. Sie sog den Rauch vorsichtig in ihre Lungen. Es kratzte höllisch. Der Husten trieb ihr die Tränen in die Augen. Sie wischte sich mit einem Taschentuch Mund und Augen ab. Sie versuchte einen zweiten Zug. Ihr Rachen fühlte sich trocken an. Sie hätte gern etwas zu trinken gehabt.

„Haben Sie auch Kinder?"

Maja verneinte. „Hat nie gepasst." Ihre Abtreibung verschwieg sie. Sie dachte selber nur noch selten daran. Als Moser ihr den Joint ein weiteres Mal anbot, lehnte sie ab. Sie beugte sich nach vor, um einen Blick auf Frau Haberlander zu werfen. Irgendetwas war jetzt anders. Ein Windstoß fuhr durch die Blätter der Espe. Sie klackerten wie Applaus. Dann war alles friedlich und still.

Maja hatte die Hand der alten Frau losgelassen, ihr Gesicht war tränennass. Moser saß schweigend neben ihr. Seine Hand wärmte ihre Finger. Als sie sich an ihn lehnte, hatte er für einen Augenblick das Gefühl, Wanda lächle ihm aufmunternd zu.

## Zwei Tage später

Auf dem Tisch im Lagerraum, der ans Schwesternzimmer grenzte, türmten sich Pakete und Flaschen. Schwester Erika sichtete die eben eingetroffenen Medikamente und verglich die Lieferung mit ihrer Bestellliste. „Passt", stellte sie fest und begann, die Schachteln mit Tabletten, Kapseln, Ampullen und Flaschen in die dafür vorgesehenen Laden und Fächer der Medikamentenschränke zu räumen. Beim Bestand gab es jedoch schon wieder Probleme. Laut Ausgabeliste müssten noch mehr Schlafmittel im Kasten sein. Zwar fehlten von drei verschiedenen Medikamenten nur jeweils ein bis zwei Packungen, aber das nicht zum ersten Mal. Sie musste noch einmal mit Schönwies reden. Solange mehrere Personen zu den Schränken Zugang hatten, würde man nie dahinterkommen, ob sich jemand selbst bediente oder ob Einzelne nur schlampig bei der Dokumentation waren.

Die Therapiekatze Aphrodite strich um Erikas Beine. „Ditti", lockte sie und bückte sich, um die einäugige Tigerkatze zu streicheln. Ditti begann sofort zu schnurren. Eigentlich sollte das Tier in seinem Transportkorb sitzen. Sabine, die Physiotherapeutin, hatte Ditti am Vormittag vorbeigebracht und gesagt, sie hätte noch eine Besorgung zu machen. Aphrodites Maunzen hatte Erikas Herz erweicht. Sie hatte die Katze aus dem Korb gelassen. Hier konnte sie ohnehin nicht viel anstellen.

Plötzlich wurde die Tür aufgerissen und Sonja stürzte mit hochrotem Kopf in den fensterlosen Raum. Die Röte in ihrem Gesicht schlug sich mit der ihrer Locken.

„Was ist los?", fragte Erika. Auch Aphrodite hatte sich erschrocken und schoss an Sonja vorbei auf den Gang hinaus, was den beiden Frauen jedoch entging.

„Boa, das war jetzt peinlich“, stöhnte die Pflegehelferin.

„Was?“

„Warum muss gerade mir das passieren?“

Erika griff nach den Macumar-Tabletten. „Jetzt sag. So schlimm wird es schon nicht sein.“

Schwester Miriam war Sonja nachgekommen und stand in der Tür. „Was ist denn los? Rennt wie ein aufgescheuchtes Hendl durch den Gang. Ist etwas passiert?“

„Ich hab grad zwei im Romantikzimmer überrascht.“

Schwester Erika legte die Tabletten zur Seite. „Aha“, sagte sie lakonisch.

„Die waren mitten bei der Sache.“

Erika verzog angewidert das Gesicht. „Am helllichten Tag?“

„Die Vorhänge waren zugezogen.“ Sonja hustete und rieb sich die Augen.

„Ach eh.“ Erikas Sarkasmus war unüberhörbar.

Miriam war nun ganz ins Schwesternzimmer gekommen und hatte die Tür zugeschoben. Sie ließ sich auf einen Sessel fallen und verschränkte die Arme vor ihrem üppigen Busen.

„Ich hab einfach nicht damit gerechnet, dass jemand im Zimmer ist“, rechtfertigte sich Sonja. Sie räusperte sich und griff nach einem Taschentuch. „Sonst wäre ich bestimmt nicht hineingegangen.“

„Die hätten ja zusperren können“, sagte Miriam.

Erika registrierte, dass ihre gutmütige Kollegin sich nicht einmal von einer solchen Sache aus der Ruhe bringen ließ.

Sonja lehnte sich an das Spülbecken. „Das ist, als würde man die eigenen Eltern dabei überraschen. Ich bin mir gar nicht sicher, ob mich die beiden überhaupt bemerkt haben.“

„Und wenn, was soll's? Mach dir keinen Stress." Miriam warf Sonja einen aufmunternden Blick zu.

„Ich glaub, auf den Schreck brauch ich eine Zigarette. Rauchst eine mit?" Sonja hustete erneut.

Erika nickte. „Ich brauch eh eine Pause." Sie war müde und hatte Kopfschmerzen. Ihre finanziellen Sorgen hatten sie die halbe Nacht wachliegen lassen. Gegen drei Uhr früh war sie schließlich aufgestanden und hatte sich alte Folgen einer amerikanischen Sitcom angeschaut. „Was ist mit dir, wieso hustest du plötzlich so?"

„Weiß nicht." Sonja nahm eine Kapsel aus der Dose und steckte sie in die Espressomaschine. Dann stellte sie eine Tasse unter den Auslauf und drückte auf den Startknopf. „Pudelnackert", räsonierte sie. Ihre Augenlider waren leicht angeschwollen, das linke Auge tränte.

„Schweindln." Schwester Erika rümpfte die Nase.

„Ja, aber irgendwie müssen sie es ja ausleben", verteidigte Miriam das Liebespaar.

Sonja nieste ein paar Mal hintereinander.

„Gesundheit! Dann sollen sie es von mir aus heimlich tun. Alles muss ich wirklich nicht wissen." Erika stand auf, um sich auch einen Kaffee zu holen. Sie kramte in der Dose nach einer Kapsel. „Die grünen sind aus", stellte sie fest und nahm stattdessen eine hellbraune.

Miriam öffnete eine der Laden der kleinen Küchenzeile. „Da sind noch welche." Sie reichte Erika eine schmale Schachtel.

„Schon, aber wo? Die drüben in den Wohneinheiten haben so was wie Privatsphäre. Aber wenn du in einem Dreibettzimmer untergebracht bist, wo willst du denn dann hingehen? Oder sollen sie die Zimmernachbarn bitten, ein bisserl spazieren zu gehen, damit sie in

Ruhe ...?“ Ein weiterer Niesanfall brachte Sonja zum Schweigen.

Schwester Erika nahm ihre Tasse und stellte sie so heftig auf den Tisch, dass der Kaffee über den Rand schwappte. „Irgendwann muss einfach Ruhe sein. Ich finde das Ganze pervers. Allein schon vom Optischen her. Möchtest du mit einem dieser alten Knacker ins Bett steigen? Keine Haare am Kopf, der Hodensack hängt fast bis zu den Knien und bei den Frauen ...“ Erika schüttelte sich. „Grauslich.“

„Aber geh. Wenn zwei verliebt sind, dann ist es doch nicht wichtig, ob der eine Falten und der andere ein falsches Gebiss hat“, wandte Miriam cin.

So schön langsam ging Miriam Erika auf die Nerven. Die mollige Kollegin hatte anscheinend für alles Verständnis. Irgendwo musste es doch Grenzen geben!

Sonjas Augen tränten immer mehr. Nach dem nächsten Hustenanfall dämpfte sie die Zigarette aus.

„Liebe“, fauchte Erika verächtlich. „Wenn ich das schon hör. Ein Freibrief für alte Geilspechte ist so ein Zimmer. Meistens sind es eh nur die Männer, die noch was wollen. Denk an den Bloch. Wenn man den lässt, hört er gar nicht mehr auf.“

Sonjas Blick war auf den Katzenkorb unter dem Tisch gefallen. „Ist dieses Vieh etwa hier?“

Erika warf einen schuldbewussten Blick in den Lagerraum. „Deine Allergie. Hab ich ganz vergessen. Tut mir wirklich leid.“

„Scheiße“, fluchte Sonja und sprang auf.

An der Tür stieß sie mit Otto zusammen.

„Stellt’s euch vor, im Romantikzimmer ist Action“, posaunte der Zivildiener lautstark heraus.

„Na, schrei gleich das ganze Stockwerk zusammen!“, sagte Erika, während sich Sonja am Zivildiener vorbei auf den Gang drängte.

„Brauchst du was?“, rief Miriam ihr besorgt nach.

„Frische Luft“, gab Sonja zurück. Sicherheitshalber würde sie auch noch ihre Medikamente aus dem Garderobenschrank holen.

„Ein bisserl wie in Zeitlupe, aber immerhin. Hätt ich dem alten Steiner gar nicht zugetraut.“ Otto grinste dreckig.

„Sag bloß, du hast zugesehen?“, fragte Erika entrüstet.

„Kriegt man schließlich nicht alle Tage geboten. Außerdem sind wir für die Pfleglinge verantwortlich. Was ist, wenn einer plötzlich einen Herzinfarkt kriegt?“ Otto griff sich ans Herz und stöhnte theatralisch.

„Kindskopf“, schimpfte Miriam. Das war wohl das Äußerste an Kritik, zu dem sie fähig war.

„Siehst du, das meine ich“, wandte sich Erika an Miriam. „Es ist ja schön, dass unser Herr Direktor viele gute Ideen für das Wohlbefinden unserer Patienten hat. Aber wenn dabei herauskommt, dass ein Romantikzimmer als Peepshow für einen hirnkranken Zivildiener herhalten ...“

„He, langsam“, unterbrach Otto die Schwester.

„Du hast jetzt Pause!“, herrschte Erika ihn an. „Und wenn ich dich einmal bei einer solchen Schweinerei erwische, dann ...“

„Stör ich?“, fragte Direktor Schönwies, der plötzlich in der Tür stand.

## Zwei Tage später

Ranner stand am Fenster, als Schönwies sein Büro betrat. „Entschuldige, es hat etwas länger gedauert", sagte der Direktor. Er zog einen Schlüsselbund aus der Tasche und öffnete eine der Schranktüren. Dann stellte er eine Flasche Cognac und zwei Schwenker auf den Tisch. Er ließ sich in den Sessel beim Besuchertisch fallen. „Diese Wochenenden sind manchmal wirklich anstrengend", sagte er seufzend und goss sich einen ordentlichen Schluck ein. „Willst du lieber einen Kaffee?"

Ranner verneinte. „Nur einen kleinen", sagte er zu Schönwies, als er ihm einen Cognac einschenkte.

„Was verschafft mir das Vergnügen?"

Ranner nahm ihm gegenüber Platz. Er schlug die Beine übereinander und lehnte sich bequem zurück.

Schönwies stellte wieder einmal fest, wie gut der Notar für sein Alter noch aussah. Vielleicht lag es auch an den dunklen Haaren, die er sich bestimmt färben ließ. Ranner war schlank, fast sehnig wie ein Ausdauersportler. Ob er wieder in festen Händen war?

Ranner griff nach dem Schwenker und drehte das Glas in der Hand. Die ölige Flüssigkeit zog Schlieren. Er nahm einen kleinen Schluck und schmatzte anerkennend. Dann deutete er auf das Bild an der Wand. „Das war beim letzten Mal noch nicht hier, oder?"

Schönwies verneinte. Er stand auf. „Ein echter Mondseer. Ich hab ihn ziemlich günstig bekommen und ich bin mir sicher, dass sein Wert noch steigen wird. So wie bei den Arbeiten von Joe Brandt. Glaub mir, dafür hab ich ein gutes Gespür."

„Wissen die Erben, dass du dieses Bild hast?"

Schönwies grinste verschämt. „Ich hab es sicherheitshalber ein Jahr daheim gehabt. Eine altdeutsche Kommode stammt auch aus dem Nachlass. Meine Mutter hat sich sehr darüber gefreut. Sie lässt dich übrigens grüßen."

„Danke. Wie geht es ihr?", fragte Ranner.

„Wie immer."

Ranner nickte wissend. Er kannte Leonore Schönwies seit vielen Jahren und hatte bereits zu ihrem verstorbenen Mann Geschäftsbeziehungen unterhalten.

Schönwies hegte den Verdacht, dass der Notar seinerzeit ein Verhältnis mit seiner Mutter gehabt hatte. Warum sonst glänzten ihre Augen immer so, wenn sie von Ranner sprach?

„Freut mich, dass die Geschäfte gut gehen", sagte Ranner. „Bei mir sieht es im Moment leider nicht so rosig aus."

„Was ist los?"

„Die Kurse sind stärker als erwartet gefallen." Ranner hob bedauernd die Hände.

„Was heißt das konkret?" Schönwies hatte alarmiert die Brauen hochgezogen.

„Dass wir Geld verloren haben."

Schönwies trommelte mit den Fingern auf die Tischplatte. „Aber wir haben doch im letzten Quartal überdurchschnittlich abgeschnitten."

„Das hab ich wieder investiert."

„Willst du mir sagen, dass das Geld weg ist?"

Ranner nippte am Cognac. „Vorläufig jedenfalls."

„Vorläufig? Hast du wirklich alles verzockt?" Schönwies' Stimme klang schrill.

„Beruhig' dich. Außerdem warst du einverstanden. Also schieb mir jetzt nicht den schwarzen Peter zu!"

„Sicher war ich einverstanden", entgegnete Schönwies. „So wie du mir das Projekt präsentiert hast, war es eine sichere Sache. Und jetzt das!" Er schüttelte verärgert den Kopf. „Was machen wir jetzt?"

Ranner war inzwischen aufgestanden und hatte sich hinter den Sessel gestellt. Er legte die Hände auf die Lehne. „Es wäre Wahnsinn, jetzt auszusteigen. Wir brauchen frisches Kapital!"

„Und wo soll ich das hernehmen? Meine Mittel sind gebunden. Die Zuschüsse muss ich abrechnen. Und du weißt genau, dass bei den meisten Alten kein Extrageld zu holen ist."

Ranners Blick fiel auf das Bild an der Wand.

„Nein, ganz bestimmt nicht", wehrte Schönwies ab.

„Deine Sammelleidenschaften kosten ein Vermögen. Ohne mich könntest du dir das gar nicht leisten."

„Ich weiß", sagte Schönwies kleinlaut. „Aber es muss einen anderen Weg geben."

„Streng dich an. Du musst dich halt bemühen, dass du betuchtere Gäste ins Haus bekommst. Das war ja früher auch kein Problem."

Schönwies' Blick verfinsterte sich. „Die Zeiten ändern sich."

„Ich hab übrigens diese Urkunde dabei. Willst du dir eine Kopie machen?" Ranner bückte sich nach seiner Aktenmappe, die er an den Schreibtisch gelehnt hatte.

Schönwies nahm das Schriftstück zur Hand. Er tastete nach seiner Lesebrille und überflog den Text. „Bestens", sagte er zufrieden.

„Kopie?", wiederholte Ranner die Frage.

„Nein, mir ist es lieber, wenn du alles bei dir im Safe aufbewahrst." Er lockerte seine Krawatte. „Und was machen wir jetzt wegen dem Geld?"

„Akquise. Ich mein es wirklich ernst. Jeder muss seinen Teil beitragen."

Schönwies grunzte genervt.

„Und vergiss nicht, auch Kleinvieh macht Mist!" Ranner klemmte seine Mappe unter den Arm.

Schönwies schenkte sich nach. Auf den Schreck brauchte er noch einen Schluck. „Du hast bestimmt schon jemanden an der Angel, oder?"

„Wir werden sehen", sagte Ranner mit einem feinen Lächeln.

***

Beim Haus drüben stand ein Möbelwagen. Rosi hatte erzählt, dass das Zimmer der Hofrätin am Nachmittag ausgeräumt werden sollte. Die Tochter kam vorbei, um auszusuchen, was sie mitnahm. Der Rest würde an die Caritas gehen. Kleidungsstücke wollte vielleicht eine der Nachbarinnen.

Maja beschloss, eine kleine Runde zu machen. Dass sie gestern so träge gewesen war, hatte sie im Nachhinein auf die neue Tablette in ihrem Dispenser geschoben. Als sie Schwester Erika nach der Wirkung des Medikaments gefragt hatte, meinte diese nur, es sei etwas Pflanzliches, was ihrem Nervenkostüm gut täte. Dann hatte sie noch hinzugefügt, dass die Tablette auch keine neue sei, sondern ein Generikum, weil das billiger komme als das Originalmedikament. Trotzdem hatte Maja die Tablette heute vorsorglich im Klo hinuntergespült. Und wirklich fühlte sie sich deutlich besser. Sie machte sich auf den Weg. Wer weiß, vielleicht konnte sie einen Blick in die Wohnung der Hofrätin werfen?

Das Eingangstor zum Wohnhaus stand weit offen. Der Gang im Erdgeschoß war in hellem Orange gehalten. Im oberen Stockwerk war er blau. Die Farben halfen den Bewohnern, sich besser zu orientieren. An den Wänden hingen Fotos von Menschen, die im Haus wohnten oder gewohnt hatten. Maja entdeckte auch ein Bild von der Hofrätin. Es zeigte Angela lachend, mit einem Weinglas in der Hand, und stammte wohl von einem Ausflug.

Die Tür zu ihrer Wohnung war nicht abgeschlossen. Maja schlüpfte in den kleinen Vorraum, nachdem sie sich überzeugt hatte, dass niemand sie beobachtete. „Hallo?", rief sie vorsichtshalber. Doch niemand antwortete ihr.

Im Wohnraum war es dämmrig, weil die Vorhänge zugezogen waren. Maja schaltete eine alte Messinglampe mit einem gläsernen Schirm ein und sah sich neugierig um. Die Möbel waren abgewohnt. Neben einem vorsintflutlichen Diwan stand ein Nierentisch. Darauf stapelten sich Zeitungen und Zeitschriften. Auch unter dem Tisch lag Papier.

Die kleine Wohnung besaß ein eigenes Schlafzimmer mit einem Doppelbett und einem dreitürigen Kasten. Er stand offen. Pullover und Westen waren unordentlich in die Fächer gestopft. Auch die Blusen und Jacken auf den Kleiderbügeln waren nicht besonders sorgfältig aufgehängt. Neben dem Kasten lagen Berge von Plastiksackerln. Auf der Fensterbank reihten sich Porzellanfiguren aneinander. Plüschtiere und Puppen bedeckten einen Großteil des Bettes. Die Hofrätin hatte offenbar einen Hang zum Messie gehabt.

Dieser Eindruck bestätigte sich auch in der Kochnische, in der es nicht nur unordentlich, sondern auch schmutzig war. Maja fragte sich, warum das Personal keinen Putzdienst verständigt hatte. Sie ging zurück in den Wohnraum. Ihr Blick fiel auf den Schreibtisch am Fenster. Irgendwo musste sie schließlich anfangen. Außerdem hatte sie nicht ewig Zeit. Sie wischte die Zeitschriften vom Sessel und setzte sich. Zuerst blätterte sie flüchtig einen Stoß loser Zettel durch, offenbar Zeitungsartikel, die die Hofrätin aus irgendeinem Grund ausgeschnitten und aufgehoben hatte. Sie schob alte Bücher und Zeitungen zur Seite. Darin würde sie sowieso nichts finden. Dann setzte sie ihre Brille auf und überflog handschriftliche Notizen. Belanglos, konstatierte sie, obwohl die krakelige Schrift schwer zu entziffern war, was bestimmt auch mit der Parkinson-Erkrankung der Hofrätin zusammenhing.

Maja zog die erste Lade des Schreibtisches auf. Ein wenig enttäuscht besah sie sich die Stifte, Klebstoff, das Lineal, Kuverts und Briefpapier, ein paar Münzen, Büroklammern, den Locher und einen Spitzer, ein gebrauchtes Taschentuch und diverses anderes Zeug.

Die mittlere Lade schien ihr zunächst auch reichlich unspektakulär. Dann stieß sie auf ein Büchlein in einem dunklen Ledereinband. Es war nicht größer als ein Taschenkalender. Maja lehnte sich zurück und überschlug die Seiten. Zwischen Notizen zum Tagesablauf fanden sich Gedichte. Sie handelten von Herbst, Schmerz und Vergehen, und dann schrieb die Hofrätin plötzlich von dunklen Schatten. Majas Finger zitterten. Diese Schatten hatten ihr keine Ruhe gelassen, seit Helene Stocker, die ehemalige Hutmacherin, sie erwähnt hatte. Sie war sich sicher, dass es damit eine besondere Bewandtnis hatte. Sie blätterte weiter und blieb an einem Absatz hängen.

Maja wurde abrupt aus ihrer Lektüre gerissen, als die Wohnungstür mit Schwung aufgestoßen wurde. Sie hörte erst Schönwies reden und dann eine Frau. Der

Direktor blieb neben dem Diwan stehen, als er Maja am Schreibtisch wahrnahm.

Geistesgegenwärtig hatte sie das Büchlein unter ihre Weste geschoben. „Grüß Gott“, sagte sie und versuchte harmlos zu klingen.

„Sie schon wieder!“, fuhr der Direktor sie an.

„Ich habe ... wollte nur fragen, ob es stimmt, dass man sich ein paar Kleider aus dem Nachlass von der Angela aussuchen darf?“, wandte sich Maja an die Frau, die Schönwies begleitete. Das musste die Tochter sein, wenn sie nicht alles täuschte.

„Ja, also ...“, stotterte die Frau, von Majas Frage sichtlich überrumpelt. „Das muss Irene, ihre Tochter, entscheiden. Ich bin nur eine Freundin.“

„Sie bekommen später Nachricht“, mischte sich Schönwies ein. Er packte Maja am Arm und zog sie aus dem Sessel hoch.

Maja stieß seine Hand empört von sich. Dabei rutschte das Büchlein unter ihrer Weste hervor und fiel auf den Boden.

Die Frau bückte sich, um es aufzuheben. Sie hielt es Maja hin.

„Danke!“

Schönwies’ manikürte Hände waren schneller. Er riss das Büchlein an sich.

Als Maja danach greifen wollte, drehte er sich damit zur Seite und schlug es auf. „Aha“, sagte er und kniff die Augen zusammen. Dann klappte er das Büchlein entschlossen zu und steckte es in die Tasche seines Sakkos. „Die Dame hat ein kleines Problem mit fremdem Eigentum“, sagte er augenzwinkernd zu seiner Begleiterin, die noch immer verdutzt auf sein Sakko starrte. „Sie gehen jetzt besser“, fügte er, an Maja gewandt, barsch hinzu.

Maja lagen unfeine Widerworte auf der Zunge. Sie schluckte sie, weil sie sicher war, hier den Kürzeren zu ziehen. Sie fluchte leise, als sie das Zimmer verließ. Was nutzte ihr ein möglicher Beweis, solange er im Sakko des Direktors steckte?

***

Eigentlich hatte Moser das kleine Malheur, das ihm passiert war, als er den Wagen ausgeborgt hatte, gleich in Ordnung bringen wollen. Die aufgebrachte Maja Berg und die sterbende Frau Haberlander hatten ihn jedoch davon abgehalten. Ein schöner Abend – soweit das unter solchen Umständen überhaupt möglich war, dachte er.

Dass sie die Tote wieder zurück in das Kammerl gebracht hatten, war zunächst nicht in Majas Sinn gewesen. Im Park gab es Mader und andere Tiere, hatte er zu bedenken gegeben. Das hatte ihr schließlich eingeleuchtet. Der Leichenbestatter hatte Frau Haberlander zeitig in der Früh abgeholt. Moser war froh, dass offenbar niemand vom Personal den letzten Ausflug der Sterbenden bemerkt hatte.

Dass er die Spuren, die er im Auto hinterlassen hatte, beseitigen musste, war ihm trotzdem nicht aus dem Kopf gegangen. Auch diesmal war es einfach gewesen, den Zweitschlüssel zu organisieren.

Der schnittige BMW parkte noch immer dort, wo Moser ihn abgestellt hatte – unter dem Carport. Glücklicherweise hatte Schönwies den Wagen in den letzten zwei Tagen nicht gebraucht. Er war am späten Nachmittag mit Harry im Lieferwagen weggefahren. Es würde dauern, hatte der Direktor seiner Sekretärin zugerufen. Das Risiko, dass ein Pflegling Moser bei seinem Tun beobachtete, war gering. Die meisten waren beim Abendessen und gingen danach fernsehen oder wurden ins Bett gesteckt. Falls ihm doch jemand über den Weg lief, konnte er immer noch behaupten, er hätte den Auftrag bekommen, sich um den Wagen zu kümmern. Dass er sich mit Autos auskannte, wussten die meisten im Haus.

Moser schaute sich noch einmal gründlich nach allen Seiten um, bevor er das Türschloss entriegelte. Er knipste die Taschenlampe an, die er vorsorglich mitgebracht hatte, und begutachtete den Schaden, den die Glut seiner Zigarette verursacht hatte. Er strich mit dem Zeigefinger über den Brandfleck. Topqualität konnte das nicht sein, wenn so ein bisserl heiße Asche gleich einen Fleck verursacht, sinnierte er.

Moser legte die Taschenlampe ab und zog einen Lederradiergummi aus der Tasche. Den hatte er beim Schuhputzzeug des alten Nazl gefunden. Er begann zu radieren, wischte die Fusseln beiseite. Der Fleck war immer noch da.

Unter diesen Umständen musste man wohl zu stärkeren Mitteln greifen. Er nahm die Flasche mit der Chlorbleiche zur Hand, die er sich aus dem Schrank im Schwesternzimmer geborgt hatte. Vorsichtig träufelte er ein paar Tropfen des Mittels auf ein altes Unterleiberl, das in der Waschküche in einem Korb gelegen war, und tupfte sacht über den Fleck. Auch das zeigte keinerlei Wirkung.

Seine Finger zitterten, als er die Flasche mit der Bleiche über den Sitz hielt. Während er das Leiberl auf das kleine Rinnsal, das in Richtung Lehne floss, drückte, schaute er sich noch einmal im Wageninneren um.

Inzwischen hatte er in einer Autozeitschrift gelesen, welche Assistenzsysteme der Wagen noch zu bieten gehabt hätte. Vielleicht konnte er sie ein anderes Mal ausprobieren? Der stechende Chlorgeruch mischte sich in den herben Duft des Leders. Moser hätte gerne eine Zigarette geraucht, aber das war angesichts der Umstände wohl keine gute Idee.

„Was zum Teufel ...!“

Moser, der nicht mit Zaungästen gerechnet hatte, stieß sich vor Schreck und Überraschung den Kopf am Türrahmen. Der Nasenbär! Wann war denn der zurückgekommen?

„Was tun Sie da bei meinem Wagen?“, herrschte Schönwies ihn an.

„Die Tür war offen und da wollte ich ...“ Während Moser überlegte, wie er sich ohne Gesichtsverlust aus der Affäre ziehen könnte, ließ er das Unterleiberl unauffällig fallen und schob es mit der Stiefelspitze unter das Auto.

Schönwies drängte ihn ungeduldig zur Seite. „Meinen BMW stehlen oder was?“ Dann blieb sein Blick am Fahrersitz hängen. Und zwar bei jener Stelle, die vom Lichtkegel der Taschenlampe hell angestrahlt wurde. Es dauerte einen Moment, bis er die Zusammenhänge begriff. Der Geruch nach Chlor, die Flasche mit dem Bleichmittel neben dem Wagen und die nun nicht mehr makellose Sitzfläche halfen ein wenig nach. Schönwies winselte, als hätte er plötzlich Schmerzen.

Moser wich sicherheitshalber ein paar Schritte zurück. Es wäre nicht das erste Mal, dass ein Autofreak ausflippte, weil er eine kleine Unregelmäßigkeit an seinem Heiligtum entdeckte.

„Sind Sie verrückt?“, brüllte Schönwies. „Sie sind ja komplett übergeschnappt! Das darf ja nicht wahr sein! Ruiniert mir den Sitz!“

Moser lag Verschiedenstes auf der Zunge. „War keine Absicht“, sagte er schließlich. „Ich zahl den Schaden.“ Ein solches Bekenntnis wirkte immer, auch wenn Moser noch nicht wusste, wo er das Geld dafür hernehmen sollte.

„Schau an, ein Negerant tut auf großzügig.“ Schönwies packte Moser am Jackenkragen. „Am liebsten würd ich ...“

Moser befreite sich mit einer geschickten Drehung. Er hob begütigend die Hand. „Beruhigen Sie sich. Man kann über alles reden.“

„Beruhigen?“, brüllte Schönwies. „Ich will mich nicht beruhigen. Das ist grobe Sachbeschädigung! Das wird Konsequenzen haben!“

„Ist gut. Reden wir halt später!“

„Es gibt nichts zu reden, du Volltrottel! Pack deine Sachen. Ich will dich hier nicht mehr sehen, du neugieriges Aas!“

Schau, schau, dachte Moser. Dass der Direktor dermaßen die Fassung verlieren konnte, war eine neue Erfahrung für ihn. „Wieso neugieriges Aas?“

„Glauben Sie, dass ich nicht bemerkt habe, dass Sie hinter mir her spionieren? Aber jetzt ist Schluss! Das nächste Mal muss sich Ihre Tochter einen anderen Trottel suchen, wenn sie ein Quartier für jemanden braucht.“

„Dein letztes Wort?“ Moser blieb beim vertraulichen Du. Schließlich war er der Ältere.

„Darauf können Sie Gift nehmen“, sagte der Direktor und spuckte verächtlich aus.

***

Etwas stimmte nicht mit Adele Rosen. Maja hatte es schon von weitem bemerkt. „Grüß dich, Adele“, rief sie bereits aus einiger Entfernung. Seit dem Abend mit dem Zirbenen duzten die beiden sich.

Die alte Dame, die auf ihrer Lieblingsbank im Park saß, hob langsam den Kopf. Sie wirkte bedrückt, ihre Augen waren gerötet, als hätte sie geweint.

„Ist alles in Ordnung?“

Adele Rosen nickte. Sie nahm ein frisches Taschentuch aus der Packung und schnäuzte sich. „Schönes Wetter heute.“

Maja merkte ihrer Freundin deutlich an, dass sie sich um einen aufgeräumten Tonfall bemühte.

„Darf ich mich zu dir setzen?“

„Ich bin heute keine gute Gesellschaft.“ Adele schob das Taschentuch in ihre Jacke. Das Blau ihres Pullovers schlug sich mit dem Türkis ihres Rocks. Einer ihrer Strümpfe hatte eine Laufmasche. Diese Nachlässigkeit passte so gar nicht zu Adele.

Maja musterte die Freundin besorgt. „Ich will nicht aufdringlich sein, aber du kommst mir irgendwie ...“ Maja suchte nach einem passenden Wort. Sie wusste, dass Adele empfindlich war, und wollte ihr keinesfalls zu nahe treten. „Mir hilft es immer, wenn ich mit jemandem reden kann.“ Adele starrte auf den Blauglockenbaum. Er hatte bereits Blüten angesetzt. Die großen herzförmigen Blätter trieben erst später aus. Sie schüttelte den Kopf und seufzte. „Mir kann niemand helfen!“

„Wieso? Bist du krank?“

„Ja“, nickte Frau Rosen. „Krank, vor lauter Sorge krank.“ Ihre Augen schwammen in Tränen. „Töricht. Ich bin eine törichte alte Frau!“ Sie wischte sich mit dem Handrücken über die Augen.

„So schlimm?“

Frau Rosens Schultern waren nach vorne gesunken. Sie wirkte um Jahre gealtert. „Schlimmer!“

Maja legte eine Hand auf den Arm der Freundin und wartete.

„Ich bin einem Blender auf den Leim gegangen", setzte Adele nach einer Weile fort.

„Blender?" Maja lockerte den Knopf ihres Halstuchs. In der Sonne war es warm.

Stockend erzählte ihr die Freundin vom charmanten Doktor Ranner, mit dem sie Ausflüge gemacht und der ihr Blumen und Pralinen geschenkt hatte. „Ich dumme Pute habe mir eingebildet, dass sich der Mann für mich interessiert", bekannte sie kleinlaut. „Ich geniere mich so!" Sie schluchzte auf.

Das war also der geheimnisvolle Verehrer, dachte Maja. Er musste alle Register gezogen haben, damit er eine Frau wie Adele dermaßen hatte beeindrucken können.

Adele erzählte weiter vom Bauprojekt, das ihr Doktor Ranner so schmackhaft gemacht hatte, dass sie ihm vertrauensvoll ihr gesamtes Erspartes überlassen hatte. „Und jetzt vertröstet er mich oder er hat sein Handy ausgeschaltet und ruft mich nicht zurück. Vorgestern hat eine Frau abgehoben und gesagt, er wäre ins Ausland gefahren und in drei Wochen wieder da." Adele Rosen knetete ihre Finger.

„Und du befürchtest, dass er mit deinem Geld verschwunden ist?"

„Jemand hat mich gewarnt, dass man bei ihm aufpassen muss. Ich wünschte, man hätte mir das schon früher gesagt. Ich kann vor Sorge nicht mehr schlafen. Seine Adresse hab ich auch nicht, sonst wäre ich längst mit dem Taxi hingefahren."

„Hast du schon mit deinem Sohn gesprochen?"

„Um Gottes Willen, nein!", rief Frau Rosen erschrocken. „Wenn er von dieser Sache erfährt, lässt er mich entmündigen."

Maja überlegte. „Hast du irgendetwas Schriftliches, einen Zahlschein ...?"

Adele Rosen schüttelte den Kopf. Eine Träne bahnte sich ihren Weg vom Augenwinkel über die faltige Wange bis hin zum Mund. Frau Rosen schniefte.

„Hast du ihm das Geld denn bar gegeben?"

„Er hat gesagt, so wäre es am besten. Bei einer Überweisung könnte die Steuer Probleme machen."

„Blödsinn! Ihm vielleicht!", widersprach Maja und wunderte sich erneut über die Leichtgläubigkeit der Freundin.

„Was soll ich nur tun?" Frau Rosen rang verzweifelt die Hände. „Wenn mein Sohn dahinterkommt, dass ich einem Fremden so viel Geld überlassen habe, ist alles aus."

Maja betrachtete unschlüssig ihre Schuhspitzen. „Mit dem Direktor möchtest du nicht reden?"

In Adele Rosens Blick zeigte sich ein Hoffnungsschimmer. „Meinst du? Der hält mich bestimmt auch für verrückt."

„Aber es wird ihm nicht recht sein, wenn sich zwielichtige Gestalten an seine Gäste heranmachen und ihnen das Geld aus der Tasche ziehen." Sie drückte Adeles Arm. „Und noch etwas möchte ich dir gerne sagen, ohne dass ich dir zu nahe treten will." Majas Worte klangen eindringlich. „Es ist immer noch dein Geld, das da möglicherweise den Bach hinuntergegangen ist. Auch wenn dein Sohn nur das Beste für dich will, solltest du dir das vor Augen halten."

Adele verzog die Miene zu einem kläglichen Lächeln.

„Soll ich dich zum Direktor begleiten?", fragte Maja.

„Nein, danke. Diesen Bittgang muss ich allein machen." Adele gab sich einen Ruck und stand auf.

Sie strich ihren Rock glatt und drückte Majas Schulter, bevor sie langsam zum Altersheim zurückging.

***

Als Moser auf seinem Weg Adele Rosen begegnete, wunderte er sich. Die alte Frau wirkte abwesend und dankte nicht einmal für seinen Gruß. Sie war weder geschminkt, noch waren ihre Haare gekämmt. In einem solchen Zustand hatte er die sonst so tadellos zurechtgemachte Frau noch nie angetroffen. Er sah ihr nach, wie sie mit schleppendem Schritt auf das Haupthaus zuhielt.

Maja saß auf der Bank bei der Paulownie. Harry hatte Moser gesagt, dass er sie zum Park gehen gesehen hatte. Sie hielt das Gesicht der Sonne entgegen. Ihre rostroten Locken züngelten wie kleine Flammen im grellen Licht. Schlief sie?

Moser wollte sie nicht stören, trotzdem hätte er gerne mit ihr gesprochen. Er räusperte sich.

Maja zwinkerte und schirmte ihre Augen mit der Handfläche ab. „Sie sind's", sagte sie freundlich. „Auch spazieren?" Ihr Blick blieb an Mosers T-Shirt hängen. Der Aufdruck mit dem Totenkopf und den gekreuzten Knochen darunter passte zum Tag. Die braune Lederjacke hing lässig an seinen Fingern über der Schulter.

„Ich wollte mich verabschieden!" Mosers rauchige Stimme kratzte.

Maja starrte ihn an. „Aber wieso, was ...", stotterte sie.

„Ich wollte sowieso nicht ewig bleiben. Dieser Zoo hier ist nichts für mich", sagte Moser. Er schnitt eine Grimasse. „Anwesende natürlich ausgenommen."

„Und was haben Sie vor? Ziehen Sie zu Ihrer Tochter?"

„Nein!“, lachte Moser. „Ganz sicher nicht.“ Er setzte sich neben sie auf die Bank. „Ein Freund überlässt mir seine Gartenhütte. Jetzt, wo es warm wird, kann man da problemlos schlafen und im Herbst werden wir dann schon sehen.“

Maja seufzte sehnsüchtig. Warum hatte sie keine Freundin, bei der sie unterkommen konnte? „Schönwies lässt Sie so einfach weg?“

Moser lachte erneut, verschluckte sich dabei und hustete eine ganze Weile, bis er sich wieder gefangen hatte. „Der ist froh, dass er mich los ist“, sagte er schließlich. Die Geschichte mit dem BMW des Direktors behielt er für sich. „Haben Sie eine Ahnung, was mit der Gräfin ist? Ich hab sie vorhin getroffen. Sie ist mir ziemlich verloren vorgekommen.“

Maja überlegte, ob sie ihn ins Vertrauen ziehen sollte. Adele hatte kein Geheimnis daraus gemacht, dass sie nicht viel von Moser hielt.

„Können Sie etwas für sich behalten?“

„Sicher.“ Moser zog seinen Tabak aus der Tasche.

Maja wusste nicht gleich, wo sie beginnen sollte.

Das Papier knisterte, als Moser seine Zigarette anzündete. Eine Ascheflocke löste sich und fiel auf seinen Schoß. Moser wischte sie weg.

„Adele hat jemandem eine Anzahlung für eine Wohnung überlassen. Sie macht sich Sorgen, weil er sich seit Tagen nicht meldet.“

„Oje!“

„Einem Bekannten, der nach ihren Worten äußerst charmant war.“

Moser stutzte. „Sie wissen nicht zufällig, wie er heißt?“

Maja zögerte. „Ranner“, sagte sie schließlich. „Angeblich ist er Notar.“

Moser drehte sich zu ihr. Er blies den Rauch seitlich aus den Mundwinkeln. Der Wind trieb ihn trotzdem in ihre Richtung.

„Kennen Sie ihn denn?"

„Kennen wäre zu viel gesagt, aber ich weiß, wen Sie meinen." Mosers Miene hatte sich sichtlich verdüstert.

„Kann man ihm vertrauen?"

„Ich würde keine Geschäfte mit ihm machen!"

Maja legte die Hände in ihren Schoß. „Adele ist ziemlich verzweifelt. Mit ihrem Sohn kann sie nicht reden. Ich hab ihr empfohlen, sich an den Direktor zu wenden."

Moser zupfte an seinem Ohrläppchen. „Da wünsch ich ihr viel Glück!"

„Sie hält große Stücke auf ihn."

Moser verdrehte die Augen.

„Was würden denn Sie an ihrer Stelle tun? Haben Sie einen Rat?"

Moser betrachtete nachdenklich das Päckchen mit dem Tabak, das er neben sich auf die Bank gelegt hatte. „Hat Frau Rosen irgendetwas in der Hand? Eine Bestätigung?"

Maja schüttelte den Kopf. „Nein, leider."

„Eh klar." Moser stand auf. „Dieser gerissene Hund weiß schon, wie man es anstellt", sagte er böse. Er strich sich über die Bartstoppeln am Kinn. „Man müsste ihm eine Falle stellen."

„Eine Falle? Wie?"

„Weiß auch nicht. Vielleicht kann man ihm weismachen, dass man sich für ein Wohnprojekt interessiert, und ihm einen Geldbetrag anbieten ...", sinnierte er.

„Aber da schöpft er doch sofort Verdacht", wandte Maja ein.

Moser ließ den Rest der Zigarette zu Boden fallen und trat die Glut mit seinem Stiefel aus.

„Und wenn ich ihn frage, ob er mir, sagen wir, beim Verkauf eines der Werke von Joe helfen kann?“, fragte Maja.

In Mosers graublauen Augen spiegelte sich Anerkennung. „Einen Versuch wäre es wert. Die Gier ist ein Schwein. Haben Sie denn ein Bild?“

„Hier nicht. Aber in meinem Haus. Reicht es nicht, wenn ich ihn frage?“

„Wenn er überhaupt anbeißt, wird er das Bild sehen wollen. Wahrscheinlich wird er es Ihnen sogar abschwatzen und behaupten, dass er es einem potentiellen Käufer zeigen will“, spann Moser die Idee weiter.

„Aber dann ist es ja auch weg, so wie Adeles Geld!“

Moser grinste schelmisch. „So weit dürfen wir es natürlich nicht kommen lassen. Sobald er sich das Bild schnappen will, müsste Frau Rosen dazustoßen und ihn vor Zeugen drängen, dass er ihr die Anzahlung zurückgibt. Man müsste ihn einfach überrumpeln.“

Majas Begeisterung hielt sich in Grenzen. Ob das klappte? Aber der Gedanke an Joes Bilder barg eine weitere Chance. „Wie kommen wir an seine Adresse oder Telefonnummer?“

„Kann ich organisieren.“

„Heißt das, Sie würden uns helfen?“

„Ja“, sagte Moser, ohne zu zögern.

„Und würden Sie mich zu meinem Haus bringen, damit ich ein Bild holen kann? In den nächsten Tagen wäre es günstig“, sagte Maja, die sich erinnerte, dass der Neffe noch eine Weile im Ausland war.

„Da muss ich kurz telefonieren.“ Moser tastete nach dem Handy in seiner Jackentasche. Er schlenderte ein Stück den Weg entlang, während er die Nummer eintippte. Das Gespräch dauerte nicht lange. „Alles paletti", sagte er. „Morgen Nachmittag hab ich ein Auto."

***

Moser war pünktlich. Er wartete, wie vereinbart, bei der Weggabelung. Das Auto war auf einem Wiesenstreifen abgestellt. Er begrüßte Maja herzlich, wie eine alte Bekannte. Ihr fiel auf, dass er ausgesprochen jung und dynamisch wirkte. Waren das schon die Folgen seines Umzugs vom Heim in die Freiheit?

Sie setzten sich in den alten Renault. Lieber hätte Moser seine Bekannte in der Luxuskarosse des Direktors chauffiert. Die zerbeulte Rostlaube mit dem andersfärbigen Kotflügel war ihm ein wenig peinlich. Aber in der Eile war ihm nichts anderes eingefallen und der Freund, dem das Auto gehörte, schuldete ihm ohnehin noch einen Gefallen. „Wissen Sie, wie wir fahren müssen?"

„Richtung Stockerau. Die Abzweigung ist gleich nach der Ausfahrt", erklärte Maja.

Moser startete den Wagen. „Wie geht es Frau Rosen?"

„Ich weiß es nicht. Ich habe sie heute noch nicht gesehen."

Moser kurbelte die Seitenscheibe ein Stück hinunter. „Zieht es Ihnen?"

„Lassen Sie ruhig offen."

„Glauben Sie, dass sie eine Chance hat, ihr Geld zurückzubekommen?"

Moser fingerte eine Zigarette aus der Brusttasche seiner Lederjacke. „Stört es Sie, wenn ich rauche?"

„Solange das Fenster offen ist, nicht."

Moser wandte den Blick nicht von der Straße, während er nach seinem Feuerzeug suchte. „Ich weiß nicht, ob sie das Geld jemals wiedersieht. Wenn es nichts Schriftliches gibt, vermutlich nicht. Oder es gibt einen Zeugen? Das wäre auch eine Möglichkeit."

Der Sicherheitsgurt war falsch eingestellt. Er rieb an Majas Hals.

„Ist sonst alles in Ordnung?"

„Wie meinen Sie?"

„Keine neuen Leichen?"

Scherzte er? Maja war nicht nach Lachen zumute.

Sie erzählte ihm von der Begegnung mit Schönwies in der Wohnung der Hofrätin.

„Sie sind ganz schön mutig." Moser nickte ihr anerkennend zu. „Und was ist jetzt mit diesem Tagebuch?"

„Er hat es eingesteckt. Ich hab nichts dagegen tun können!"

„Was steht denn drin?" Moser beschleunigte und überholte einen Traktor.

„Gedichte und ein paar Notizen. Dass sie über dunkle Schatten geschrieben hat, hat mich stutzig gemacht. Viel hab ich in der kurzen Zeit ja nicht lesen können."

„Was ist mit den Schatten?"

„Helene Stocker, das ist die ehemalige Hutmacherin, mit der ich am Mittagstisch sitze, hat auch von Schatten geredet. Vielleicht ist das ein Geheimcode?"

Moser grinste. „Geheimcode?"

„Was weiß ich!" Maja ärgerte sich, dass er sie nicht ernst nahm.

„Ich mein nur. Es klingt ein wenig eigenartig."

„Kennen Sie das? Die Ruhe vor dem Sturm?" Maja verschränkte die Finger ineinander.

Moser warf ihr einen Seitenblick zu.

„Dieses Gefühl habe ich." Sie starrte aus dem Fenster. Unter den Bäumen lag verfaultes Laub. Vorne lichtete sich der Wald. Bei der nächsten Kreuzung bogen sie auf die Bundesstraße ein.

„Ich bin schon gespannt auf Ihr kleines Reich. Hat sich eigentlich in der Zwischenzeit jemand um das Haus gekümmert?“

„Joes Neffe war dort. Er hat mich vorige Woche angerufen und gesagt, dass ich mir keine Sorgen machen soll. Er hat noch etliche Behördenwege, wird sich aber melden, sobald das Projekt startet.“

„Projekt?“, fragte Moser neugierig.

„Hab ich Ihnen nicht erzählt, dass aus meinem Haus eine Gedenkstätte für Joe werden soll? Ein Kulturzentrum soll auch dazugebaut werden, für Workshops und all so was. Ich hoffe ja immer noch, dass ich Hannes überreden kann und er mich mithelfen lässt. Ich könnte die Kassa betreuen, Führungen machen ...“

Moser warf den Stummel seiner Zigarette aus dem Fenster und wischte sich eine Haarsträhne aus dem Gesicht. Er versuchte, sich seine Skepsis nicht anmerken zu lassen. Die Zukunft, die Maja sich da ausmalte, klang allzu rosig. Natürlich wünschte er ihr, dass sie wahr würde. „Ist er jetzt auch da?“

„Nein, er ist in Deutschland“, sagte Maja. Ihre Nervosität wuchs, je näher sie ihrer alten Heimat kam. Sie schaute wieder aus dem Fenster, um sich abzulenken.

Das Haus stand etwas abseits. Zwischen dem Nachbarhaus, einem Bauernhof mit etlichen Nebengebäuden, und Majas Grundstück lag ein Acker. Dahinter erstreckten sich Wiesen und Felder bis hin zum Waldrand. Der Wagen rumpelte über die geschotterte Zufahrtsstraße. Maja wies Moser an, gleich beim Zaun zu parken.

Das Haus war riesig. Hier konnten bestimmt problemlos zwei oder sogar drei Familien wohnen. Im Hof befanden sich ein Geräteschuppen und eine Holzhütte. Weiter drüben, bei den Obstbäumen, entdeckte Moser ein Gartenhaus.

Maja stieg aus, nachdem Moser den Motor abgestellt hatte. Die Krücke, die sie sicherheitshalber mitgebracht hatte, lag auf der Rückbank des Wagens. Aufgeregt schaute sie sich um, ging zu ihrem Garten hinüber und warf einen Blick über den Zaun.

Moser wartete inzwischen beim Haus. Er hatte sich eine Zigarette angeraucht und inhalierte tief. Aus Rücksicht auf Maja hatte er seiner Nikotinsucht während der Fahrt kein weiteres Mal nachgegeben. Nun war es höchste Zeit, den Spiegel wieder aufzufüllen. Außerdem war er entsetzt. Eine solche Bruchbude hatte er nicht erwartet.

Maja lächelte selig, als sie ihm entgegenkam. „Na, habe ich Ihnen zu viel versprochen?"

„Mmh", sagte er diplomatisch. Auch wenn er kein Fachmann war, erkannte er doch, dass es hier einiges zu tun gab. Über die Fassade zogen sich Risse, das Dach hing durch und an etlichen Stellen fehlten die Ziegel. Nach Mosers Ansicht brauchte es für eine nachhaltige Sanierung vor allem einen großen Bagger. Der sollte die Bude wegschieben, damit ein Neubau Platz fand. Selbstverständlich behielt er diese Überlegung für sich. Wie es drinnen wohl aussah?

Maja kramte in ihrer Tasche nach dem Hausschlüssel. Ihre Hand zitterte, als sie versuchte, ihn in das Schloss des angemorschten Holztors zu stecken. Passte er nicht oder war sie nur zu aufgeregt? Sie versuchte es erneut.

„Darf ich?" Moser nahm ihr den Schlüssel aus der Hand. Er stocherte im Schloss. „Sind Sie sicher, dass es der richtige ist?"

„Aber ja. Ich kenn doch meinen Haustorschlüssel. Da schauen Sie!“ Sie zeigte mit dem Finger auf eine Stelle des Barts. „Da ist ein kleiner Kratzer. Er ist mir nämlich einmal in einen Kanal gefallen.“

Moser musterte die Fenster. Es wäre ein Leichtes gewesen, eines aufzudrücken, um auf diese Weise ins Innere zu gelangen.

„Kann es sein, dass Ihr Neffe das Schloss getauscht hat?“

„Wieso sollte er?“

Moser fielen dafür einige Gründe ein.

„Das Schloss ist einfach alt. Es hat schon öfter geklemmt.“ Sie winkte ihm. „Kommen Sie. Wir gehen eben hinten hinein.“ Sie führte ihn an der Hausmauer entlang um die Ecke. Dort wuchs hüfthohes Gestrüpp. „Ich komme mit dem Jäten einfach nicht nach“, sagte Maja entschuldigend.

„Mmh.“ Moser war einiges gewöhnt. Aber das war selbst ihm zu viel.

Maja bückte sich und griff nach dem Metallring, der an einem Brett befestigt war.

„Lassen Sie mich!“ Moser zog kräftig an dem Ring, bis die Öffnung freilag. Dann räumte er noch ein paar weitere Bretter zur Seite, die den Abgang verdeckten. Eigentlich war er auf einen Abenteuerurlaub nicht vorbereitet gewesen.

Maja lächelte ihm aufmunternd zu. „Passen Sie bei den Stufen auf. Die sind immer ein wenig rutschig.“ Sie stützte sich an der Mauer ab und stieg vorsichtig in die Tiefen ihres Kellers hinab.

Unten war es kühl und es roch nach Moder. „Vorsicht, hier liegt überall Bauschutt!“ Die beiden balancierten über ein Brett, das wie eine Brücke über eine Grube gelegt war. Eine fette Ratte huschte durch den staubigen Lichtstreifen, der durch eines der schmutzigen Fenster fiel.

Moser war froh, als sie den vorderen Teil des Kellers erreichten. Dort war der betonierte Fußboden weitgehend intakt. Spinnweben hingen in den Fensterrahmen und den Ecken der Türstöcke, auf einem Regal stapelte sich ein Sammelsurium von alten Blumentöpfen, Vasen, Gläsern und Schüsseln. Der angrenzende Raum war mit Gerümpel vollgestopft. Neben Reifen, ausrangierten Rädern, Brettern, einem Sägeblatt, einem Hackstock samt Hacke, Rechen, Schaufeln und Kübeln befanden sich Stapel mit alten Zeitungen, eine Staffelei und ein Regal mit Farbdosen und Tuben. War das hier das Atelier, von dem Maja so geschwärmt hatte? Moser war inzwischen klar, warum man seine Bekannte nicht zurück nach Hause schicken konnte. Auch wenn sie mit ihrer Umgebung vertraut war, lauerten an allen Ecken und Enden Gefahren. In ihrem Alter war schnell etwas gebrochen und ein Sturz im Keller, wo niemand ihre Hilferufe hören würde, hätte zweifellos fatale Folgen.

Maja summte gut gelaunt vor sich hin. Als sie Mosers kritischen Blick bemerkte, lachte sie. „Ich seh schon, die Unordnung hier stört Sie. Ich bräuchte dringend jemanden, der mir beim Aufräumen und Ausmisten hilft.“

Moser war erleichtert, dass Maja wenigstens das einsah. Er hatte schon an ihrem Geisteszustand gezweifelt und sich gefragt, ob man sich wirklich so in einem Menschen täuschen konnte.

„Oben wird es Ihnen besser gefallen. Ich hätte Ihnen sagen sollen, dass nur ein Teil des Hauses bewohnbar ist.“

Die Holztür, die zum Stiegenhaus führte, quietschte in den Angeln. „Gehört geschmiert“, bemerkte Maja.

Hier sah es halbwegs manierlich aus, stellte Moser fest. Maja lotste ihn in den ersten Stock. In dem langen Gang reihten sich massive Kästen und ein paar Kredenzen aneinander. „Hier bewahre ich Vorräte auf. Marmeladen, Kompotte, Chutneys und all sowas", erklärte Maja. Neben einer der Türen waren Garderobenhaken an die Wand geschraubt, auf denen Westen, Jacken und Mäntel hingen.

Maja drückte die Klinke hinunter und schubste die Tür auf. „Hereinspaziert. Willkommen in meinem Reich." Moser trat zögerlich ein.

Der Raum war groß und hell und nur spärlich möbliert. Hier konnte man atmen, befand Moser, der in engen und vollgestellten Zimmern leicht Beklemmung verspürte.

Der Schiffboden aus Eiche knarrte, als Moser darauftrat. Durch die hohen Fenster fielen die letzten Sonnenstrahlen und tauchten den Raum in freundliches Licht. Der Schaukelstuhl vor dem offenen Kamin sah einladend aus. Maja öffnete die Fenster, um frische Luft ins Zimmer zu lassen. Moser hörte Vogelgezwitscher und Muhen aus dem Kuhstall des Bauernhofs. Landleben eben. Für einen Urlaub ganz in Ordnung, aber als Dauerzustand untragbar für einen Stadtmenschen, wie Moser einer war.

Maja besah sich mit Bedauern ihre Pflanzen, die in den Töpfen vertrocknet waren. „Schade", sagte sie leise. „Da werde ich neue ziehen müssen." Sie wandte sich zu ihm um. „Darf ich Ihnen etwas anbieten? Kaffee oder Tee? Milch habe ich allerdings keine daheim."

Moser lehnte ab. Ein Espresso an einer Tankstelle auf der Rückfahrt war ihm lieber. Obwohl er Majas Freude über den Besuch in ihrem Haus verstand, wollte er doch nicht allzu viel Zeit hier verbringen.

„Was möchten Sie alles mitnehmen? Für Möbel haben wir leider keinen Platz!“, scherzte er.

„Wollen Sie hierbleiben oder kommen Sie mit ins Atelier?“

Moser überlegte nicht lange.

Die Tür zum Arbeitsraum am anderen Ende des langen Ganges war offen. Der Raum, der etwa doppelt so groß wie Majas Wohnzimmer war, stand bis auf zwei Staffeleien und ein altes Regal leer. Der Boden war mit Farbflecken übersät. Karton ersetzte eine kaputte Fensterscheibe.

Maja stand wie angewurzelt in der Tür. Sie hatte ihre Hand vor den Mund geschlagen.

„Was ist los?“ Moser berührte sacht ihre Schulter.

„Wo sind die Sachen hingekommen? Das gibt es doch nicht?“ Sie ging durch das Atelier und öffnete eine der angrenzenden Türen. „Hier auch! Jemand hat die Bilder gestohlen! Die Skizzen sind auch weg, sogar die unvollendeten Arbeiten haben sie mitgenommen.“ Maja rang die Hände. „Die Kästen sind auch verschwunden.“

So schnell es ihre körperliche Verfassung zuließ, eilte sie zurück in die Wohnung. Moser folgte ihr. Sie riss die an den Wohnraum angrenzende Tür auf. Moser wartete anstandshalber neben dem Türstock, als er das Doppelbett erblickte.

„Meine Biedermeierkommode!“, rief Maja aus. „Die habe ich von meiner Mutter geerbt!“ Die Türen der beiden Kleiderschränke standen offen, auf dem Doppelbett türmte sich Gewand.

Waren die Einbrecher gestört worden? Warum hatten sie die Kleidung nicht mitgenommen? Oder das Bett? Das sah auch alt aus, dachte Moser. Einbruchsspuren konnte er allerdings keine entdecken. Man müsste das Haustor genauer untersuchen.

„Und mein Schmuck!“ Maja hatte die Lade des Nachtkästchens aufgezogen, wühlte im Kleiderhaufen, sah in den ausgeräumten Kästen nach und ließ sich schließlich entmutigt auf einen Sessel fallen. Ein Schnaps wäre gut, überlegte Moser.

„Alles weg!“, sagte sie verzweifelt. „Auch Joes Bilder, die hier an der Wand gehangen sind.“ In Majas Augen standen Tränen. „Das waren meine Lieblingsbilder.“

Moser fühlte sich unbehaglich. Er konnte keine Frauen weinen sehen. „Kann es sein, dass Ihr Neffe ...?“

Maja warf ihm einen entrüsteten Blick zu. „Aber er hat doch versprochen, dass er mich holt, wenn das Haus auszuräumen ist. Ich hab ja noch viele Sachen hier, für die in Haus Waldesruh kein Platz ist.“

„Dann waren es Einbrecher? Sollen wir die Polizei rufen?“, fragte er, obwohl ihm die Aussicht auf ein peinliches Verhör äußerst unangenehm war. Aber alleine mit den Kieberern wollte er Maja in ihrem Zustand auch nicht lassen.

„Die sind doch längst über alle Berge.“ Maja schlug die Hände vors Gesicht.

Im Zimmer war es dämmrig geworden. Moser tastete nach dem Lichtschalter. Als er ihn umlegte, passierte nichts. Er versuchte es im Wohnraum. Auch hier gab es kein Licht. War der Strom abgeschaltet? Moser zog sein Feuerzeug aus der Tasche und suchte nach einer Kerze. Fündig wurde er auf der Anrichte, wo er auch eine Flasche mit Hochprozentigem entdeckte. Er zog den Korken aus dem Flaschenhals und schnupperte. Guter, alter Slibowitz. Schade, dass er warm war. Eisgekühlt schmeckte er am besten. Doch nachdem er hier als Medizin eingesetzt werden sollte, war es egal. Nachdem er keine Stamperln fand, nahm er Wassergläser. Er goss in beide einen ordentlichen Schluck, kostete und schenkte sich noch ein wenig nach.

Maja trank ohne Widerrede. Der Schnaps brannte auf ihrer Zunge. Nach einer Weile spürte sie die Wärme, die sich die Speiseröhre entlang bis in den Magen ausbreitete. „Ja, wir sollten die Polizei rufen", sagte sie.

„Mein Handy liegt unten im Wagen."

Maja hievte sich schwerfällig aus dem Sessel hoch. „Am liebsten würde ich hier liegen bleiben, einschlafen und nie wieder aufwachen."

Moser hätte sie gerne getröstet. „Wird schon wieder", sagte er unbeholfen.

Im Erdgeschoß angekommen, inspizierte Moser das Haustor. Maja leuchtete ihm mit der Kerze. Er verlangte nach dem Schlüssel, der auch von innen nicht sperrte. Dann bemerkte er an einem Nagel, der in den Türstock geschlagen war, einen Schlüsselbund. Er betrachtete die Schlüssel der Reihe nach prüfend, steckte den ersten ins Schloss, der zweite passte. Er drehte ihn um und öffnete das Haustor. In die Abendluft mischte sich zartes Misthaufenaroma.

„Jessas", kreischte eine Frauenstimme.

Moser zuckte zurück.

Die Frau mit der Weste über der geblümten Schürze hatte das Holzscheit in ihrer Hand drohend erhoben. Ihre Füße steckten in Gummistiefeln.

„Gerti?", rief Maja.

„Maja! Bist du es wirklich?"

„Sicher, oder glaubst du, ich bin ein Gespenst?"

Moser grinste in sich hinein. Dass Maja in einer solchen Situation Schmäh führte, gefiel ihm.

Die Frau ließ das Holzscheit zögernd sinken.

„Das ist meine Nachbarin, Frau Ganster, drüben vom Bauernhof“, sagte Maja an Moser gewandt. „Stell dir vor, ich bin ausgeraubt worden!“

„Was?“

„Alles weg! Die Bilder, mein Schmuck und sogar meine Kommode haben sie mitgenommen. Ist dir nichts aufgefallen?“

„Dein Neffe war vor kurzem mit einem Kastenwagen da. Der Ferdl hat mit ihm geredet. Er hat ihn zuerst gar nicht erkannt, weil er ihn ja ewig nicht gesehen hat. Jedenfalls hat er erzählt, dass du im Heim bleiben wirst und kein Interesse mehr am Haus hast.“

Maja griff nach Mosers Arm. „Das ist nicht wahr.“

„Wenn ich es dir sag. Er hat uns sogar gebeten, dass wir ihn anrufen sollen, falls wir jemanden für das Haus wissen.“

Maja atmete schwer.

„Wollen Sie sich ins Auto setzen?“, fragte Moser besorgt. Maja nickte.

„Polizei?“

„Jetzt nicht“, sagte sie matt.

Die Bäuerin musterte Maja mitleidig. „Ich hab nicht gewusst ...“, stammelte sie.

Maja winkte ab. „Dieses verlogene Gfrast. Die Sachen im Haus gehören mir. Da kann er sich nicht einfach bedienen!“

„Wir haben geglaubt, dass eh alles mit dir abgesprochen ist. Wenn wir gewusst hätten, dass er ... wir hätten ...“ Die Bäuerin ließ den Satz unvollendet. Familienstreitigkeiten waren eine heikle Angelegenheit.

„Was nun?“, fragte Moser nach einem Blick auf die Uhr.

„Fahren wir!“, sagte Maja barsch. Sie verabschiedete sich knapp von ihrer Nachbarin. Moser startete den Wagen. Kies spritzte, als er aufs Gaspedal trat.

Sein Orientierungssinn war ausgezeichnet. Den Weg zur Autobahnauffahrt fand er ohne Mühe. Maja hing schweigsam ihren Gedanken nach. Eigentlich hatte sie Joes Grab besuchen wollen. Moser glaubte nicht, dass sie dazu noch in Stimmung war. Er konzentrierte sich auf die Straße. Vielleicht sollte er mit seiner Tochter reden. Die war als gelernte Sozialarbeiterin schließlich vom Fach und hatte am ehesten eine Idee, wie man Maja helfen könnte.

Kurz vor Wien verließ er die Autobahn. Maja stierte vor sich hin. Ab und zu seufzte sie.

Moser schwirrten viele Fragen durch den Kopf. Er betrachtete Maja von der Seite. Sie schien ihm nicht in der Verfassung für ein vernünftiges Gespräch zu sein. Dass sie eine andere Route nahmen, fiel ihr nicht auf. Sie hatte jedenfalls keine Einwände, als er in die Uferstraße einbog.

Der Würstelstand auf dem großen Parkplatz war bei Fernfahrern beliebt. Moser brauchte dringend ein Bier und etwas zwischen die Zähne. Ein Paar Frankfurter oder eine Käsekrainer würden auch Maja nicht schaden. Als er anhielt und die Handbremse zog, schaute sie ihn verwundert an. „Zeit für eine Pause“, sagte Moser und öffnete die Tür.

***

Maja döste auf dem Beifahrersitz. Sie hatte einiges getrunken. Die zwei doppelten Wodka waren wahrscheinlich zu viel gewesen. Dabei hatte es Moser nur gut gemeint. Aus Erfahrung wusste er, dass es gelegentlich notwendig war, sich mit Hilfsmitteln vom Alltag zu beurlauben. Bis auf einen leichten Zungenschlag war Maja zunächst nichts anzumerken gewesen. Vielleicht hätte er ihr den Joint nicht auch noch aufdrängen sollen. Für Reue war es aber nun zu spät.

Hoffentlich kann sie alleine in ihr Zimmer gehen, dachte Moser. Dass Schönwies ihm verboten hatte, das Gelände zu betreten, war für ihn im Grunde nicht mehr als eine Empfehlung. Trotzdem wollte er es, wenn es nicht unbedingt sein musste, auf keine Konfrontation ankommen lassen.

Moser parkte außer Sichtweite des Heims. Er schaltete die Innenbeleuchtung des Wagens ein und strich über Majas Wange. Sie bewegte den Kopf, hielt aber weiterhin die Augen geschlossen. Er rüttelte sie sacht an der Schulter.

„Aufwachen, wir sind da."

Maja blinzelte und rieb sich benommen die Augen. Es dauerte, bis sie sich in der ungewohnten Umgebung zurechtfand. „Habe ich geschlafen?" Der leichte Zungenschlag war immer noch da. „Hast du was zu trinken? Mein Mund ist so trocken."

Moser registrierte, dass sie ihn duzte. Sie hatten beim Würstelstand Bruderschaft getrunken. Der Kuss war ein wenig schüchtern ausgefallen. Aber immerhin!
„Nein, tut mir leid."

Maja richtete sich auf. Sie rieb sich den Nacken und stöhnte. „Wo sind wir?"

„Da vorne ist der Parkplatz. Glaubst du, dass du es alleine bis zum Heim schaffst?"

Eine andere Frau würde bestimmt verlangen, dass er sie ganz nach Hause brachte. Doch Maja beschränkte sich auf ein schlichtes: „Sicher." Sie gab sich einen Ruck und öffnete die Autotür. „'Nacht!"

„Schlaf gut", sagte Moser. „Hier!" Er reichte ihr einen Zettel. „Ruf mich an, wenn du etwas brauchst."

Maja schob das Papier in ihre Tasche. Sie traf beim dritten Versuch. Moser hatte ein schlechtes Gewissen, als er ihr nachsah. Ihr Gang war unsicher. Er hätte sie doch bis zur Tür bringen sollen.

Schönwies stand in der Eingangshalle. Er hielt sein Handy ans Ohr und starrte sie entgeistert an, als sie ihr Gesicht gegen die Scheibe drückte. Er entriegelte die Tür, die mit einem schleifenden Geräusch zur Seite glitt.

„Frau Berg, wo um Himmels Willen waren Sie?"

„Herr Direktor", hörte Maja Schwester Erika rufen. „Herr Direktor, ich glaube wir ..." Die Krankenschwester hielt mitten im Satz inne. „Da ist sie ja!", sagte sie im Näherkommen. „Darf man fragen wo wir waren?"

„Spazieren", lispelte Maja und kicherte.

Erika ging ganz nah an Maja heran und schnupperte. „Die ist betrunken", sagte sie zum Direktor. „Schämen Sie sich!", fuhr sie Maja an. „Wir machen uns die größten Sorgen und wollten gerade die Polizei alarmieren und Sie torkeln in Seelenruhe sturzbetrunken herein und tun, als ob nichts gewesen wäre!", schimpfte die Schwester.

„Gell, das hätt es früher nicht gegeben!" Maja straffte die Schultern. „Gute Nacht!" Sie drehte sich um und stakste zum Lift.

„Das besprechen wir noch!", rief ihr Schönwies hinterher.

Renate Stadlhuber lag schon im Bett, als Maja das Zimmer betrat. Im Radio dudelte Musik. „Na endlich", wurde Maja begrüßt. „Ich hab denen ja gleich gesagt, dass Ihnen nichts passiert ist. Aber mir glaubt ja keiner."

„N'Abend." Maja streifte die Schuhe von ihren Füßen und verzog sich sogleich ins Badezimmer. Dort trank sie zwei Gläser Wasser, schlüpfte aus ihren Kleidern und ins Nachthemd. Das Zähneputzen verschob sie auf den nächsten Morgen.

Renate Stadlhuber saß erwartungsvoll im Bett, als sie zurück ins Zimmer kam. „Und, wo waren Sie, wenn man fragen darf?“

„Spazieren“, sagte Maja knapp. Sie kroch unter die Decke und drehte sich zur Wand.

„Dann halt nicht“, schnappte Frau Stadlhuber beleidigt.

Maja war für einen Streit zu müde. Renate schaltete Radio und Licht aus und ließ aus Protest einen fahren. Die Vorhänge waren zur Seite gezogen. Ein fast voller Mond tauchte den Raum in einen fahlen Schein.

Keine der beiden Frauen reagierte, als es leise klopfte. Die Tür wurde einen Spalt breit geöffnet, ein Lichtstrahl fiel auf Majas Bettdecke. „Sie schläft“, hörte sie Schwester Erikas Stimme. Gleich darauf wurde die Tür wieder geschlossen.

„Schlafen Sie wirklich?“, fragte Renate.

Maja antwortete nicht.

„Ich weiß, dass Sie noch munter sind!“, insistierte die alte Frau.

„Lassen Sie mich in Ruhe!“

„Dann interessiert es Sie also nicht, dass die Gräfin vom Schlag gestreift worden ist?“

Augenblicklich war Maja nicht nur hellwach, sondern auch stocknüchtern. „Was? Adele hat einen Schlaganfall gehabt?“ Sie tastete nach dem Lichtschalter.

„Am frühen Abend. Schwester Miriam hat sie gefunden“, bestätigte ihre Zimmernachbarin.

„Und, wie geht es ihr?“

„Sie liegt auf der Intensivstation. Rosi hat gesagt, man weiß noch nicht, ob sie durchkommt.“ Frau Stadlhuber schniefte. „So schnell kann es gehen.“

„Mmh.“ Maja schaltete das Licht wieder aus und schob den Arm unter ihren Kopf. Es dauerte, bis sie endlich einschlafen konnte.

***

Maja hatte Kopfschmerzen und ihr war flau im Magen. Bis auf den Pfefferminztee, den sie schluckweise getrunken hatte, hatte sie nichts gefrühstückt.

Schönwies saß an seinem Schreibtisch, als sie mit einer halbstündigen Verspätung bei ihm eintraf. Er verlor kein Wort über ihre Unpünktlichkeit. „Wir müssen ein ernstes Wort miteinander reden“, begann er ohne Umschweife.

Maja presste trotzig die Lippen aufeinander.

„So eine Aktion kann und will ich nicht akzeptieren. Wir haben uns große Sorgen gemacht. Ich war knapp davor, die Polizei einzuschalten, und Frau Stadlhuber war auch ganz aus dem Häuschen, weil sie sich eingebildet hat, dass Ihnen etwas ganz Furchtbares zugestoßen ist.“

Da hatte Renate aber etwas ganz anderes behauptet, dachte Maja. „Was soll mir schon passieren?“

Schönwies beugte sich nach vor. Sein Tonfall war eindringlich. „Es passiert genug. Glauben Sie mir. Sie hätten einen Schwächeanfall haben können, gestürzt sein, sich ein Bein gebrochen haben, und, und, und. Da gibt es viele Möglichkeiten.“ Er schob seinen Bürosessel zurück und kam auf sie zu. „Wir haben die Verantwortung für unsere Bewohner und das nehmen wir sehr ernst.“ Er hatte sich zu ihr gebeugt. Sie spürte seinen Atem im Gesicht.

„So wie bei der Mirli?“ Maja konnte sich den Seitenhieb nicht verkneifen.

„Überspannen Sie den Bogen bloß nicht“, sagte er gefährlich leise. „Sonst erinnere ich mich daran, dass Sie fremdes Eigentum an sich nehmen wollten, ohne Abmeldung das Haus verlassen haben, betrunken wiedergekommen sind ...“, zählte er die Liste ihrer Verfehlungen auf.

„Und?“, fragte Maja frech. Sie hatte endgültig genug von diesem Trauerspiel. Sollte Schönwies sie doch hinausschmeißen. Das kam ihr im Grunde nur entgegen.

Schönwies zog einen Sessel heran und setzte sich neben sie. „Frau Berg, schauen Sie. Wir meinen es doch nur gut mit Ihnen.“

Maja verschränkte die Arme.

„Sie müssen uns eine Chance geben. Und jetzt erzählen Sie mir bitte, wo Sie gestern waren.“

„Das geht Sie nichts an!“

Schönwies sprang genervt auf. „Sie müssen es mir auch gar nicht sagen. Ich weiß, dass Sie mit diesem Moser unterwegs waren. Man hat Sie gesehen“, sagte er triumphierend.

„Warum fragen Sie, wenn Sie es eh wissen?“

Schönwies hatte die Hände auf seinen Tisch gestützt und sah auf Maja herab. „Frau Berg, machen Sie es sich doch nicht so schwer. Dieser Moser ist kein Umgang für Sie.“

„Das entscheide immer noch ich!“ Majas Augen funkelten böse.

„Ich sehe schon, so kommen wir nicht weiter.“ Schönwies seufzte resigniert.

Maja stand auf. „Dann sind wir uns ja einig.“ Sie ging zur Tür.

Schönwies hatte sich zum Fenster gewandt und schaute auf den Park hinaus.

Maja zog die Tür ins Schloss.

Im Vorzimmer erkundigte sie sich bei der Sekretärin des Direktors nach dem Gesundheitszustand Adele Rosens.

„Wir rechnen damit, dass sie in den nächsten Tagen auf unsere Pflegestation überstellt wird“, sagte die junge Frau.

Maja seufzte erleichtert auf. Dann fiel ihr ein, dass Moser ja noch gar nichts von Adeles Schlaganfall wusste.

Nach einem kurzen Spaziergang, der überwiegend aus einer Rast auf einer der Parkbänke bestanden hatte, und einer kräftigen Rindsuppe beim Mittagstisch fühlte sich Maja fit genug für das Gespräch mit Moser. Dass man vom Fenster des Direktionssekretariats aus sehen konnte, wer die Telefonzelle benutzte, war ihr egal. Wer weiß, womöglich wurde das Telefon sogar abgehört. Maja hätte auch das nicht mehr gewundert.

Moser hob nach dem zweiten Klingelton ab.

„Ich bin’s, Maja.“

„Wie geht es Ihnen, ich meine dir?“

„Den Kater vom Wodka hab ich halbwegs überstanden, aber an der Strafpredigt vom Direktor kau ich noch“, fasste Maja zusammen.

„Geh, vergiss den. Es ist ja nichts passiert.“

„Doch!“ Maja spielte mit dem Telefonkabel. „Adele hat einen Schlaganfall gehabt und liegt im Krankenhaus.“ Dass sie sich Vorwürfe machte, weil sie der Freundin nicht beigestanden hatte, verschwieg sie.

„Oje. Und wie geht es ihr?“

„Angeblich eh schon wieder besser. Die sagen einem ja nichts Genaues.“

„Du könntest ihren Sohn anrufen. Soll ich dir die Nummer besorgen?“

„Ja bitte." Maja lehnte sich an die Wand der Zelle. Eine Sitzgelegenheit wäre angenehm.

„Hast du dir das mit dem Ranner noch einmal überlegt?", fragte Moser.

„Die Bilder sind doch alle weg. Ich kann ihm jetzt keines mehr anbieten."

Maja hörte Mosers Feuerzeug klicken. „Eine verpackte leere Leinwand erfüllt denselben Zweck."

„Aber ohne Adele?"

„Du hast Recht. Wir brauchen einen neuen Plan."

Warum verbiss sich Moser so in diese Sache? Sie hatte nicht die leiseste Idee.

„Wenn du willst, hole ich dich morgen, gleich am Vormittag, ab. Passt dir das?"

***

„Christian, bist du es?"

Wer sonst?, dachte Schönwies gereizt. Der Tag war anstrengend genug gewesen. Insgeheim hatte er gehofft, seine Mutter wäre bereits zu Bett gegangen. Aber seit einiger Zeit wartete sie immer, bis er nach Hause kam. Manchmal fand er sie auch schlafend vor dem Fernseher. „Ja, Mama!"

Leonore Schönwies saß im Erker ihres Wohnzimmers und legte Patiencen. Wertvolle, alte Möbelstücke verstellten einen Großteil des Raums. Schon Schönwies' Vater war ein Sammler gewesen. Eine Leidenschaft, die sein Sohn geerbt hatte.

„Sie will schon wieder nicht aufgehen!", klagte die alte Dame. „Ich habe heute überhaupt kein Glück." Durch die dicken Brillengläser erschienen die Augen seiner Mutter unnatürlich groß. Ihr Blick erinnerte ihn an den eines staunenden Kindes. Er küsste sie auf die Wange.

„Wo warst du so lange?“, fragte sie vorwurfsvoll.

„Arbeiten.“ Schönwies seufzte.

„Du könntest dich ruhig ein wenig mehr um deine alte Mutter kümmern. Wozu hast du Angestellte?“

Schönwies kannte solche Vorwürfe zur Genüge. Er hatte Verständnis dafür, dass sich seine Mutter seit dem Tod des Vaters zunehmend einsam fühlte. Mehr aus schlechtem Gewissen und Pflichtbewusstsein hatte er deshalb begonnen, sein Mittagessen jeden zweiten Tag mit ihr gemeinsam einzunehmen. Die Mahlzeiten brachte er aus der Küche des Altersheims mit, weil das Essen, das seine Mutter kochte, immer öfter ungenießbar war.

Schon mehrfach hatte er ihr den Vorschlag gemacht, ihre Zeit tagsüber in Haus Waldesruh zu verbringen. „Geh, was mach ich denn dort? Glaubst du, diese alten Leute mit ihren Krankengeschichten interessieren mich?“, hatte sie darauf geantwortet.

„Dein Abendessen steht im Kühlschrank. Es gibt saure Wurst.“ Die alte Frau stützte sich am Tisch ab, um leichter aufzustehen. Ihre Beine waren angeschwollen, die Krampfadern traten deutlich hervor.

„Warum trägst du deine Stützstrümpfe nicht?“, fragte Schönwies.

Die Mutter antwortete nicht. Der Direktor kontrollierte den Dispenser, der auf der Anrichte lag. Auf ihre Tabletten hatte sie auch schon wieder vergessen. Wie lang wird das noch gut gehen?, überlegte er. Über kurz oder lang musste er sich etwas einfallen lassen. Entweder er zwang sie, tagsüber in die Seniorenresidenz mitzukommen, oder er engagierte eine Pflegerin. Letzteres war der Mutter bestimmt lieber. Doch ihm widerstrebte der Gedanke, ständig eine fremde Person im Haus zu haben.

Er griff nach dem Plastikbehälter und folgte seiner Mutter in die Küche.

Dort sah es sehr chaotisch aus. In der Abwasch stapelte sich schmutziges Geschirr. Auf der Arbeitsfläche lagen Gemüsereste. Die Kühlschranktür stand weit offen. Schönwies hatte keine Lust aufzuräumen, obwohl das dringend notwendig gewesen wäre. Glücklicherweise kam morgen die Putzfrau. Die war mittlerweile an einiges gewöhnt. Schönwies hatte ihren Lohn im letzten Monat erhöht.

„Was machst du, Mama?"

„Dir dein Abendessen richten", sagte die alte Frau und hantierte mit dem Brotmesser.

„Darf ich dir helfen?", fragte Schönwies, dem allein beim Zuschauen schon ganz anders wurde. Er nahm ihr das Messer aus der Hand und säbelte sich ein dünnes Stück vom Schwarzbrotlaib ab.

Eigentlich hatte er überhaupt keinen Hunger. Die dick geschnittene Zwiebel auf der fetten Extrawurst, die darüber hinaus in einer üppigen Ölmarinade schwamm, war auch nicht gerade appetitanregend. Schönwies nahm Teller, Besteck und Brot und trug alles auf einem Tablett zum Esstisch. Er erinnerte seine Mutter daran, dass es Zeit für die Medikamente war, und holte ihr ein Glas Wasser.

Leonore Schönwies leistete ihm beim Essen Gesellschaft. Sie erkundigte sich nach dem Gesundheitszustand der Hofrätin und wollte wissen, wie diese mit ihrem neuen Gebiss zufrieden war.

„Alles bestens", sagte der Direktor. Dass die Hofrätin gestorben war, hatte er ihr verschwiegen. Todesfälle regten sie immer so auf. Das wollte er ihr und ein bisschen auch sich selbst ersparen.

„Schmeckt's dir?", erkundigte sich Frau Schönwies.

Der Direktor nickte tapfer.

„Wie wäre es, wenn du dich hinlegst? Es ist schon spät!“, schlug er vor. Die Pendeluhr über dem Sofa zeigte nach zehn.

„Du siehst auch müde aus, Bub“, sagte die Mutter und strich ihm über den Schopf. „Wer wird auf dich schauen, wenn ich einmal nicht mehr bin? Du solltest dir endlich eine Frau suchen.“

„Ja, Mutter“, sagte der Direktor. Noch so ein Thema, das er jetzt nicht besprechen wollte. „Ich muss noch ein paar Akten lesen und komm dann auch bald.“

Er trug den Teller mit den Resten seines Abendessens in die Küche, wartete, bis seine Mutter im Badezimmer fertig war, und wünschte ihr eine gute Nacht.

Die Tür zu seinem Herrenzimmer war abgeschlossen. Der Raum, der im Keller lag, war für die Mutter und die Putzfrau tabu. Den einzigen Schlüssel trug er immer bei sich.

Abgestandene Luft schlug ihm entgegen, als er die Tür öffnete.

Als Kind hatte Schönwies hier gespielt. Nun hatte er sich den Raum mit einem Chesterfield Sofa, zwei Fauteuils und einem dicken Perserteppich gemütlich eingerichtet. Die Wandregale waren mit Büchern gefüllt. Über dem Barschrank im Kolonialstil hingen Joe Brandts Frühlingsimpressionen – eine späte Arbeit des Malers, zu der sich demnächst ein weiteres Bild gesellen würde, wie ihm Hannes Krischanitz angekündigt hatte.

Schönwies genehmigte sich einen großen Single Malt. Den Anzug tauschte er gegen seinen Schlafrock. Dann legte er eine DVD in den Rekorder und machte es sich auf der Couch bequem. Das Licht hatte er gedimmt.

Wie immer am Abend rauchte er ein Zigarillo. Nach ein paar Zügen drückte er auf den Knopf der Fernbedienung. Den Ton stellte er leiser, obwohl ihn seine Mutter in ihrem Schlafzimmer bestimmt nicht hörte. Das Zimmer war schallgedämpft, die Tür gepolstert. Das war ihm beim Umbau wichtig gewesen.

Die Szenen auf dem Flachbildschirm waren anregend. Schönwies' Atmung beschleunigte sich. Er lockerte den Gürtel seines Schlafrocks und ließ eine Hand in seine Unterhose gleiten. Sein Blick blieb auf den Bildschirm geheftet, während die Bewegungen seiner Finger ihren Rhythmus fanden.

***

Dass Moser noch eine alte Rechnung mit Ranner zu begleichen hatte, hatte er ihr verschwiegen. Die Sache lag schon Jahre zurück. Damals hatte sich der Notar an die Mutter seines besten Freundes herangemacht. Wie er ihr das Haus abgeschwatzt hatte, hatte sich niemand aus dem näheren Umfeld erklären können. Die Frau hatte stets als bedächtig und vorsichtig gegolten. Obwohl sein Freund das Testament angefochten hatte, war Ranner als Sieger aus dem Prozess hervorgegangen. Das Haus war wenig später verkauft worden. Die Arbeit, die sein Freund in den Umbau investiert und bei der Moser geholfen hatte, war damit umsonst gewesen. Die Wut, die Moser damals auf Ranner verspürt hatte, war ihm sofort wieder aufgestoßen, als er den Notar auf dem Heimgelände gesehen hatte.

Er ging ins Lokal voraus. Im Donauweibchen war er lange nicht gewesen. Dabei mochte er die Heurigenatmosphäre. Sie entschieden sich für den Gastgarten. An den vorderen Tischen hatte man einen schönen

Blick auf das Wasser, das in der Vormittagssonne glänzte.

Der Kellner brachte ihnen die Karte. Maja bestellte einen Gespritzten und Moser ein großes Bier.

Sie hatte sich sehr gefreut, als er sie abgeholt hatte. „Ich bin froh, wenn ich da herauskomme", hatte sie ihm gestanden. „Ich halte die ständige Kontrolle und die vielen Leute um mich herum einfach nicht mehr aus. Schwester Erika ist ein Drachen und Schönwies hat mir mehr oder minder gedroht, dass es so nicht weitergehen wird. Hast du nicht noch einen Freund mit einem Gartenhaus?", fragte sie mit einem traurigen Lächeln.

„Nein, aber ich werde mit meiner Tochter reden", versprach Moser. „Vielleicht kann Ria etwas für dich tun!"

„Das wär zu schön." Maja legte die Karte beiseite.

„Hast du deinen Neffen eigentlich schon angezeigt?"

„Noch nicht. Mir wäre es lieber, wir könnten das ohne Polizei klären."

Moser warf ihr einen skeptischen Blick zu. „Hast du keinen Hunger? Die Fleischlaberln sind sehr zu empfehlen. Jedenfalls waren sie früher einmal gut."

„Nein danke, vielleicht später."

Sie warteten, bis der Kellner die Getränke abgestellt hatte. Eine Gruppe Radfahrer in Dressen und mit Helmen kam in den Garten. Sie schoben zwei Tische zusammen, damit sie alle beisammen sitzen konnten.

„Was machen wir also mit dem Ranner?", fragte Moser.

„Keine Ahnung. Vielleicht sollten wir warten, bis es Adele besser geht."

Moser schüttelte den Kopf. „Der hat Dreck am Stecken und taucht womöglich unter. Wenn wir Pechhaben, ist er ohnehin schon weg." Moser wischte sich den Schaum seines Biers von der Oberlippe.

„Wieso ist es dir eigentlich so wichtig, dass wir den Ranner drankriegen. Wegen Adele wird es wohl nicht sein?" Maja nahm das Glas zwischen ihre Handflächen. Das Kondenswasser war angenehm kühl.

„Ich habe gehört, dass er Geschäfte mit Schönwies macht. Welche das genau sind, weiß ich nicht. Aber vermutlich hat es was mit alten Damen und deren Geld zu tun."

Majas Miene erhellte sich. „Wenn wir dem Ranner was nachweisen können, dann gerät also vielleicht auch der Direktor in Schwierigkeiten und ich hätte eine Chance, aus diesem vermaledeiten Altersheim herauszukommen?"

Moser rauchte sich eine Zigarette an. „Wieso? Willst du ihn erpressen?"

„Mmh."

Ein junges Paar hatte sich an den Tisch gegenüber gesetzt. Weitere Gäste betraten den Garten. Moser vertiefte sich in die Speisekarte. „Ich werde mir jetzt was bestellen. Was ist mit dir?"

„Ich hab keinen Hunger."

Während Moser gustierte, sah sie sich um. Das Gastzimmer des Donauweibchens war überschaubar. Dafür war der Garten umso großzügiger angelegt. Die alten Bäume spendeten Schatten. Neben der Eingangstür stand eine Schüssel mit Wasser für die Hunde. Sie musterte die Gäste der Reihe nach. Die Radfahrer unterhielten sich lebhaft. Dann blieb ihr Blick an einem großen, sehr schlanken Herrn hängen, der einer sehr gepflegt wirkenden, älteren Frau etwas ins Ohr flüsterte. Frisch verliebt, urteilte Maja. Schön, dass das in diesem Alter ... Sie betrachtete den Mann genauer. Irgendwie kam er ihr bekannt vor. Die Frau kicherte. Maja grübelte. Es dauerte eine Weile, bis sie darauf kam.

„Den kenn ich", sagte sie aufgeregt zu Moser. „Das ist der Notar, der mir mein Wohnrecht abgeschwatzt hat."

Moser reckte den Hals. „Wo?"

Maja achtete nicht auf ihn. „Dem sag ich jetzt aber die Meinung!" Sie stand auf und marschierte zu dem Tisch, an dem das Paar saß. Der Mann küsste der Frau die Hand. Alter Trottel! Majas Rage wuchs mit jedem Schritt.

„Mit Ihnen hab ich ein Hühnchen zu rupfen", begann sie grußlos. „Sie haben mich in diesen Schlamassel hineintheatert. Jetzt bin ich mein Haus los und ins Altersheim abgeschoben. Was haben Sie sich eigentlich dabei gedacht?"

Der ältere Herr hatte von seiner Begleiterin abgelassen. Er sah Maja befremdet an. „Was wollen Sie von mir? Ich kenne Sie nicht!" Er winkte dem Kellner.

„Das ist die Höhe!", schimpfte Maja. „Sie sind der Notar. Ohne Ihren windigen Vertrag würde ich in Frieden in meinem Haus wohnen. Welchen Judaslohn hat Ihnen Hannes Krischanitz gezahlt?"

Ranner fuhr bei der Erwähnung des Neffen vom Sessel auf. Er war mehr als einen Kopf größer als Maja. „Ich verbitte mir ...", schnauzte er Maja an.

Seiner Begleiterin war die Szene sichtlich unangenehm.

Moser, der Maja gefolgt war, hatte den Tisch des Paares mittlerweile erreicht. „Da haben wir ihn ja, den Herrn Doktor." Mosers Sarkasmus ließ die Farbe aus dem Gesicht des Mannes weichen.

„Du kennst den?", fragte Maja verwundert.

„Was soll das? Lassen Sie uns in Ruhe! Herr Ober ...", rief er.

„Natürlich. Das ist der Herr Doktor Ranner, der Adele Rosen um ihr Erspartes gebracht hat, dieser alte Schneebrunzer!“

„Passen Sie auf, was Sie da sagen“, schnappte Ranner. „Das ist Rufschädigung, Ehrenbeleidigung, Verleumdung. Das wird teuer werden!“

„Das ist er?“, staunte Maja.

„Darauf lass ich es ankommen!“ Moser wirkte sehr gelassen.

„Kommen Sie, gnädige Frau, das ist doch zu dumm“, wandte Ranner sich an seine Begleiterin. Er stand auf und klemmte seine Aktenmappe unter den Arm.

Die Frau saß noch immer auf ihrem Sessel. Sie sah Moser an. „Haben Sie Beweise für Ihre Behauptungen?“

Moser nickte. „Wasserdichte! Es ist ohnehin Zeit, dass ihm jemand das Handwerk legt.“

Die Frau hob die Hand. „Herr Doktor, kann ich meinen Vorvertrag ...?“

Ranner reagierte nicht. Er versuchte, sich an Maja vorbeizudrängen.

Maja griff nach seinem Ärmel. „Hier geblieben!“

Ranners Aktenmappe glitt zu Boden. Auf seinem Gesicht zeigten sich Anzeichen von Panik. Er stieß Maja zur Seite.

Maja, die nicht auf diesen Rempler gefasst gewesen war, verlor das Gleichgewicht. Sie taumelte, stürzte und prallte mit dem Kopf gegen den Stamm der Kastanie.

Moser reagierte sofort. Er trat mit aller Kraft gegen Ranners Schienbein. Das hatte er schon lange einmal tun wollen.

Ranner jaulte auf und sackte in die Knie. Er stöhnte und hielt sich das Bein. „Dreckschwein“, wimmerte er.

Die Frau, die ihn begleitet hatte, versuchte, Ranners Aktenmappe an sich zu ziehen.

Der Ober näherte sich im Eilschritt. Er musterte Ranner, von dem offenbar im Augenblick keine Gefahr ausging. Dann sah er zu Moser hin, der sich zu Maja hinuntergebeugt hatte. Sie saß benommen auf dem Boden und hielt sich mit schmerzverzerrtem Gesicht den Kopf.

„Wir brauchen die Rettung", sagte Moser zum Kellner. „Und die Dame", Moser deutete auf die Frau am Tisch, „hätte bestimmt gern die Polizei." Dann griff er nach Ranners Mappe. Er war überzeugt, dass sich genug belastendes Material darin fand.

***

Er hatte gewartet, bis Schwester Erika ihren Rundgang angetreten hatte. Dennoch hatte er ein ungutes Gefühl. Er versuchte, es abzuschütteln. Bis jetzt war immer alles gut gegangen. Klar war das Vorhaben riskant. Aber das war es auch davor gewesen. Er hatte lange nachgedacht, aber keine andere Möglichkeit gefunden, das Problem zu lösen. Es gab einfach keine Alternative, das hatte der jüngste Vorfall deutlich gezeigt. Gegen die Nervosität hatte er einen doppelten Cognac getrunken. Auf dessen Wirkung wartete er noch. Die Kamera hatte er eingesteckt. Falls er doch jemandem begegnete, hatte er eine Ausrede parat. Er wischte sich die feuchten Hände an seinem Mantel ab und atmete tief durch. Ein Mann muss tun, was ein Mann tun muss, fiel ihm ein Spruch aus einem alten Western ein.

Das Zimmer lag ganz hinten. Er wusste, dass sie alleine war. Er drückte die Klinke hinunter und glitt wie ein Schatten in den Raum. Seine Augen mussten sich erst an das Dämmerlicht gewöhnen. Er tastete nach dem Türschloss, steckte den Schlüssel hinein und drehte ihn aus Gewohnheit gleich zwei Mal um.

Seine Sohlen schmatzten auf dem Linoleum. Sie war mit Medikamenten sediert. Vor dem Bett blieb er stehen und lauschte auf ihre regelmäßigen Atemzüge. Sie schlief friedlich – bestimmt traumlos und tief.

Als er das Wandlicht einschaltete, bewegte sie den Kopf. Er strich ihr sacht über die hohen Wangenknochen. Ihre Haut fühlte sich warm und weich an.

Er betrachtete das fein geschnittene Gesicht, die schmale Nase und die vollen Lippen. An ihrer Schläfe klebte ein Pflaster. Nicht viele Frauen ihres Alters waren mit einer solchen Haarpracht gesegnet. Im Grunde sah sie ziemlich harmlos aus. Doch er kannte sie inzwischen besser.

„Ich bin's!" Er schlüpfte aus seinem Mantel und warf ihn auf das leere Bett, das neben ihrem stand. „Erinnerst du dich? Vielleicht an unser erstes Mal? Gleich damals, als du zu uns gekommen bist?"

Die Kamera piepste, als er sie einschaltete. Er fotografierte ihr Gesicht, zoomte und knipste aus verschiedenen Perspektiven. Der Blitz zuckte wie Wetterleuchten über Gesicht, Polster und Wand. Er besah sich das Ergebnis auf dem Display. „Ich habe sofort gewusst, dass wir zwei füreinander bestimmt sind."

Er griff nach der Decke und zog sie langsam von ihrem Körper. Das Nachthemd, das sie trug, war weiß. Eigentlich schade, dachte er. Gern hätte er sich mehr Zeit gelassen. Dass er manchmal über Monate auf den richtigen Moment warten musste, beflügelte seine Fantasie und steigerte den Genuss.

Er strich über das Hemd.

Sie bewegte unruhig den Arm und legte ihn über ihren Bauch.

„Scht", hauchte er. Er streifte das Hemd bis zu ihren Schenkeln hinauf. „So schön hätten wir es miteinander haben können. Wärst du nur ein wenig geduldiger gewesen. Du hättest dich einlassen müssen, einfach hingeben. Glaub mir, ich hätte die Zeichen zur rechten Zeit erkannt. Ich wäre nachts gekommen, immer nur nachts. Wie ein Schatten hätte ich mich über dich gelegt und mein Geheimnis mit dir geteilt. Du hättest es bestimmt gemocht. Alle haben es gemocht."

Ihre Lider flatterten.

„Mach mir nichts vor. Ich weiß, dass du dich gerne zeigst." Er fotografierte ihre Schenkel.

„Du wirst unsterblich sein. So wie die anderen. Glaub mir, das allein ist es wert!"

Er wechselte die Funktion des digitalen Geräts und filmte, während er ihr Hemd noch ein Stück höher schob.

***

Erst als es dunkel war, machte sich Moser auf den Weg. Sein Freund hatte ihm den verbeulten Renault für ein paar Gefälligkeiten bis auf Weiteres überlassen.

Er wählte den Weg durch den Park. Falls die metallene Tür versperrt war, konnte er immer noch Harry bitten, ihn ins Haus zu schleusen. Vielleicht stand auch eines der Fenster im Erdgeschoß offen. Irgendeine Möglichkeit würde sich finden. Er musste sie einfach sehen.

Harry war es auch gewesen, der ihn am Nachmittag angerufen hatte. Sie war gleich nach dem Mittagessen auf die Pflegestation des Altersheims verlegt worden, hatte er ihm berichtet. Moser wäre es lieber gewesen, man hätte sie noch länger im Krankenhaus behalten. Seiner Ansicht nach war sie dort besser aufgehoben.

Zwischen Ranner und Schönwies gab es Geschäftskontakte. Ranner kam gelegentlich sogar ins Heim. Das hatte ihm Harry, der inzwischen von dem Vorfall im Donauweibchen gehört hatte, erzählt. Auch Moser selbst hatte den Notar vom Fenster aus auf dem Gelände gesehen. An das Datum erinnerte er sich zwar nicht mehr, aber dass er an jenem Tag die Läuse auf seinen Fingeraralien entdeckt hatte, war ihm noch schmerzhaft im Gedächtnis.

Der Gedanke, dass Maja nun dem Heimpersonal ausgeliefert war, ließ ihm keine Ruhe. Wer weiß, wer hier mit wem unter einer Decke steckte. Ihre Neugierde hatte viel Unruhe verursacht. Sie war alleinstehend und im Moment ziemlich hilflos. Er verbot es sich, sich die möglichen Folgen genauer auszumalen.

Dem Anlass entsprechend hatte er sich für schwarze Jeans und eine dunkle Jacke entschieden. Anstelle seiner Stiefel trug er Turnschuhe. Die Gummisohlen dämpften seinen Schritt.

Er gelangte unbehelligt in die Eingangshalle. Auf der Pflegestation schien alles ruhig. Harry hatte herausgefunden, dass sie allein im Zimmer ganz hinten lag. Bald würde er sich davon überzeugen können, dass es ihr gut ging. Das hoffte er wenigstens. Und er war fest entschlossen, die Nacht an ihrer Seite zu verbringen. Das zweite Bett im Zimmer stand ohnehin leer.

Er schlich bis nach vor zum Schwesternzimmer. Dort war die Tür nur angelehnt. Er lauschte. Drinnen war es ganz still. Vorsichtig drückte er sich vorbei und atmete erleichtert auf. Nun würde ihn nichts und niemand mehr aufhalten!

Mit Ria, seiner Tochter, hatte er gleich nach dem Vorfall mit Ranner gesprochen. Er hatte ihr Majas Geschichte in groben Zügen erzählt, vielleicht an manchen Stellen etwas übertrieben. Aber er hatte das dumpfe Gefühl, dass sie in Gefahr war, und wollte, dass Ria die Sache wirklich ernst nahm und rasch handelte. Was ihn betraf, war er nicht ins Detail gegangen. Ria würde Maja helfen. Er war erleichtert gewesen, als sie es ihm versprochen hatte.

Er legte das Ohr an die Tür und hörte gedämpftes Murmeln. Langsam drückte er die Türschnalle hinunter. Wieso war diese Tür versperrt?

Moser rüttelte an der Klinke. Es half nichts. Die Tür war verschlossen.

„Hallo“, hörte er Schwester Erikas Stimme. Die hatte ihm gerade noch gefehlt!

„Hallo“, sagte die Schwester ein weiteres Mal. Moser drehte sich um. Für eine Flucht war es definitiv zu spät.

„Herr Moser?“ Erika ging auf ihn zu. „Was tun Sie denn hier? Mitten in der Nacht? Haben Sie nicht Hausverbot?“

„Wieso ist hier abgesperrt?“, antwortete er mit einer Gegenfrage.

Schwester Erikas Blick wanderte von Moser zur Tür und wieder zurück. Sie hatte Ringe unter den Augen und sah erschöpft aus. Ihre Haare wirkten ungepflegt, was wohl auch an dem dunklen Nachwuchs lag, der zu beiden Seiten des Scheitels sichtbar war. „Nicht ablenken“, sagte sie trocken. „Ich kann auch den Direktor anrufen, wenn Ihnen das lieber ist.“

„BITTE! Ich mach mir Sorgen!“

Der flehentliche Tonfall entsprach so gar nicht Mosers Art und schien Schwester Erika doch so weit zu verunsichern, dass sie von ihren eisernen Regeln ein Stück weit abrückte.

„Gibt's nicht", sagte sie resolut und griff nach der Türschnalle. Verwundert sah sie auf. Dann rüttelte auch sie, so wie Moser wenige Augenblicke zuvor, an der Klinke und stemmte sich gegen die Tür. „So was!" Sie zog ihren Schlüsselbund aus der Tasche und stocherte im Schloss. „Haben Sie da was gemacht?"

Moser wurde langsam ungeduldig. Er nahm ihr die Schlüssel aus der Hand. „Da steckt etwas von innen", sagte er.

„Frau Berg?", rief Erika und klopfte wieder an die Tür.

„Da ist jemand bei ihr. Ich glaube, sie ist in Gefahr!" Er spürte, wie Panik ihn befiel.

Auch Schwester Erika wirkte plötzlich alarmiert. Nach Majas Konfrontation mit Ranner hielt sie vieles für möglich. „Aber wer ...?"

„Gehen Sie zur Seite!" Moser warf sich mit der Schulter gegen die Tür. Sie blieb in ihren Angeln. Dafür durfte er mit einem blauen Fleck rechnen. Moser fluchte. Früher wäre das kein Problem gewesen.

***

Er fummelte an den Knöpfen der Kamera. Sie hatte Ausstrahlung, war wie geschaffen dafür. Die Bilder würden großartig werden, besser als die, die er schon von ihr hatte, und noch viel aufregender als die von der Hofrätin. Obwohl auch sie sehr talentiert gewesen war.

Er legte den Apparat weg und griff in seine Hosentasche. Das Messer lag gut in seiner Hand.

Mit der Hofrätin habe ich mich immer gut verstanden, dachte er bei sich. Und es hätte noch lange so bleiben können, wenn sie nur, wie sonst auch, ihre Tabletten geschluckt hätte.

Das Messer hatte er als Bub vom Vater geschenkt bekommen. Noch immer leistete es gute Dienste.

„Glaub mir, keiner war mehr erschrocken als ich, als sie plötzlich die Augen aufgeschlagen hat. Was hätte ich denn tun sollen?" Er schaute sie herausfordernd an.

Sie schwieg. Die Tabletten hatten ihre Wirkung getan. Sie schlief tief und fest.

Er wandte den Blick von ihrem Gesicht ab. Auch damals hatte er wegschauen müssen, als die Hofrätin unter dem Plastiksackerl wie ein Goldfisch auf dem Trockenen den Mund auf- und zugeklappt hatte. Der Anblick war ihm unangenehm gewesen. Sie war im Halbschlaf und hatte sicher nicht kapiert, was mit ihr passierte. Gelitten hatte sie bestimmt nicht. Da war er sich ganz sicher.

Die Klinge glitt aus der Scheide. Er fuhr prüfend mit dem Daumen darüber. Der papierene Ein-Tages-Slip ließ sich mühelos durchtrennen. Er zog ihn mit zitternder Erregung von ihrer Scham.

Die Tabletten hatte er aus der Folie gedrückt und später im Klo hinuntergespült. Es musste ja nach einem Selbstmord aussehen, sonst hätten sie die Hofrätin womöglich obduziert. So aber waren sie froh gewesen, Zeit und Geld zu sparen.

Er drückte auf den Auslöser, Blitze zuckten über weißes Fleisch.

„Schön hätten wir es miteinander haben können, wenn du nur nicht so neugierig gewesen wärst. Aber du hast ja deine Nase überall hineinstecken müssen.

Richtig heiß ist mir geworden, als ich dich mit diesem Tagebuch erwischt habe.“

Die Türschnalle wurde hinuntergedrückt, Stimmen waren am Gang zu hören. Er wandte sich um.

Der Lärm auf dem Gang war lauter geworden. An der Tür wurde gerüttelt und geklopft. Er schlüpfte hastig in seinen Mantel und schob die Kamera in die Tasche.

Dann hob er ihren Kopf an, zog den Polster weg und legte den Kopf vorsichtig ab. „Aber du lässt mir keine Wahl. Glaub mir. Es fällt mir nicht leicht!“ Sein Mund streifte ihre Wange. Ihr Kopf rollte zur Seite. Er packte sie am Kinn und brachte ihren Kopf wieder in Position.

Plötzlich schlug etwas ziemlich laut gegen die Tür. Er musste sich beeilen und verschwinden, bevor die Tür womöglich gleich aus den Angeln sprang.

Er griff nach dem Polster. „Gute Nacht!“, murmelte er. Ihre Beine zuckten, als er den Polster mit beiden Händen auf ihr Gesicht drückte.

***

„Das wird nichts! Ich hole Harry“, sagte Erika. „Er soll mit dem Werkzeug kommen.“

„So viel Zeit haben wir nicht!“ Moser überflog die Optionen fieberhaft. Dann hatte er eine Idee. Er sprintete zum Feuermelder, schlug mit der Faust die Scheibe ein und drückte auf den Knopf. Schwester Erika sah ihm entgeistert nach. Das Heulen der Sirene war ohrenbetäubend. Es würde hoffentlich auch den da drinnen aus dem Konzept bringen.

Um Zeit zu sparen, öffnete er das Gangfenster. Den Sessel, den er sich im Nebenzimmer geschnappt hatte, warf er voraus. Der Absprung war trotz der geringen

Höhe gewagt. Er war schließlich auch nicht mehr der Jüngste. Er griff nach dem Sessel und bog im Laufschritt um die Ecke. Dass von seiner Faust Blut tropfte, fiel ihm nicht auf.

Der dunkle Schatten, der sich vom Fensterbrett auf die Steinplatten am Weg plumpsen ließ, durchkreuzte seinen Plan. Er rappelte sich auf und rannte los. Moser hatte ihn auf Anhieb erkannt. Für die Verfolgung nahm er sich keine Zeit. Er stieg auf den Sessel, zog sich hoch, strampelte wie ein gestrandetes Insekt und schaffte es schließlich doch, ins Zimmer zu gelangen. „Maja!", rief er, während er hektisch nach dem Lichtschalter suchte. Es schien ihm eine Ewigkeit zu dauern, bis er ihn endlich gefunden hatte.

Bei ihrem Anblick durchzuckte ihn eiskalte Angst. Ein Polster lag auf ihrem Gesicht. Er schleuderte ihn weg und tastete nach ihrem Puls. Ihre Haut war fast ebenso weiß wie das Bettzeug. Von seiner Hand tropfte Blut auf ihr Nachthemd.

***

Der schrille Ton der Sirene fuhr ihm ins Gehirn. Er musste flüchten, sonst war alles aus. Er rannte zur Tür. Das Türblatt bebte unter den Schlägen von Fäusten. Dieser Weg war ihm somit versperrt. Blieb noch das Fenster. Er riss den Vorhang zur Seite, zerrte am Flügel, schwang sich auf den Sims und ließ sich fallen.

Er überlegte fieberhaft, was nun zu tun war. Vielleicht gelang es ihm, sich im Chaos, das wegen des Feueralarms jeden Augenblick ausbrechen würde, unauffällig unter die Menge zu mischen. Doch dann erblickte er Moser, der direkt auf ihn zuhielt. Instinktiv schlug er einen Haken und rannte los. Er keuchte, lief weiter, spürte das Brennen in seiner Brust. Dazu gesellte sich ein Stechen in der Seite. Er war das Sprinten nicht gewöhnt. Schließlich musste er stehenbleiben, das Blut pochte in seinen Ohren. Panisch wandte er sich um. Den Verfolger hatte er wohl abgehängt.

Er gönnte sich eine kurze Pause. Schweiß rann in kleinen Bächen über seinen Rücken und sammelte sich am Hosenbund. Auch seine Stirn war nass. Gern hätte er einen klaren Gedanken gefasst. Der Nebel in seinem Kopf verwehrte ihm den Durchblick. Falls Moser ihn erkannt hatte, brauchte er mehr als eine gute Ausrede. Andernfalls gab es kein Zurück. Allein die Vorstellung machte ihm Angst. Doch bis jetzt hatte er sich immer auf seinen Einfallsreichtum verlassen können. Er klammerte sich an diesen schwachen Trost.

Er brauchte Zeit, musste Abstand gewinnen. Das war ihm klar, als er vor seinem Wagen stand. Den Schlüssel hatte er immer bei sich.

Schönwies stieg in seinen BMW. Er fuhr mit quietschenden Reifen los. Dass er beim Verlassen des Parkplatzes einen Blumentrog streifte, ignorierte er.

Jahrelang war alles gut gegangen. Niemand hatte Verdacht geschöpft. Seine Spuren hatte er geschickt verwischt. Außerdem war er vorsichtig gewesen. Nicht einmal im Netz hatte er sich mit Gleichgesinnten getroffen.

Er trat aufs Gaspedal. Was scherten ihn Geschwindigkeitsbeschränkungen?

Dann war diese Geschichte mit Mirli passiert. Er wusste im Grunde immer noch nicht, warum sie aus dem Fenster gesprungen war. Er hatte doch nur gewollt, dass sie ihr Kleid hob, damit er ein paar neue Bilder machen konnte. Vielleicht hätte er diesen blöden Stoffhund nicht aus dem Fenster werfen sollen? Aber sie hatte dauernd damit herumgefuchtelt und das war ihm auf die Nerven gegangen. Wie hätte er so ordentliche Aufnahmen machen sollen? Hätte er geahnt, dass sie wegen dieses dummen Plüschtiers durchdrehte, hätte er ... aber wem nützte das jetzt noch?

Das Lenkrad vibrierte. Er hatte die gestrichelte Linie überfahren. Er drückte auf den Knopf. Die Carmina Burana lag immer noch im CD-Deck. Er drehte den Lautstärkeregler hinauf. *Fortune plango vulnera** passte zu seiner Verfassung.

Sie war selbst schuld. Diese neugierige alte Hexe. Sie war ihm dicht auf der Spur gewesen. Hätte wahrscheinlich nicht mehr lange gebraucht, um sein größtes Geheimnis zu entdecken. Wer weiß, welche Schlüsse sie aus dem Tagebuch gezogen hatte. Sie war nicht dumm gewesen.

Er lachte auf. Aber das nützte ihr nun auch nichts mehr. Ihre Vermutungen und ihr Wissen nahm sie mit ins Grab. Ein wenig tat es ihm auch leid. Er hätte gern mit ihr gespielt. Widerspenstige Frauen waren eine spannendere Herausforderung als die schwer dementen oder die hochbetagten, die ohnehin nicht mehr viel mitbekamen. Oft hatte er versucht, diesem inneren Drang zu widerstehen. Doch dann war es wieder passiert. Er war einfach nicht dagegen angekommen.

Er verdrängte den Gedanken. Es änderte doch nichts.

Das Surren des Fensters ging in der Musik unter. Der Fahrtwind peitschte sein Haar. Er griff nach der Kamera und drückte sie gegen seinen Oberschenkel.

---

* Die Wunden, die Fortuna schlug

Die Schätze in seinem Herrenzimmer waren gut versteckt. Viel Arbeit steckte in den Fotos und den kleinen Filmen, die er im Lauf der Zeit geschaffen hatte. Kleine Kunstwerke – seine große Leidenschaft. Wie Filmstars erstrahlten seine Entdeckungen auf dem Bildschirm, wenn er sich nach einem anstrengenden Arbeitstag eine kleine Auszeit nahm.

Die düsteren Klänge der Oper Carl Orffs erfüllten das Wageninnere. Die Paukenschläge dröhnten in seinen Ohren.

Die DVD-Hüllen waren unauffällig – sie stammten von Talkshows und alten Filmen. Niemand würde vermuten, was sich tatsächlich auf den glänzenden Scheiben befand. Außerdem hatte ohnehin keiner außer ihm Zutritt zum Herrenzimmer.

Regentropfen prasselten auf die Scheibe, spritzten ihm ins Gesicht. Er achtete nicht darauf, schaltete die Wischer erst ein, als das gewundene Straßenband zu Schlieren zerrann.

Auch die Kamera, die er im Wohlfühlzimmer installiert hatte, war gut versteckt. Die Ausbeute jedoch war enttäuschend mager gewesen. Wenn er das geahnt hätte, hätte er sich den Aufwand und die Diskussionen mit dem Personal erspart.

*Amor volat undique, captus est libidine** tönte es aus den Lautsprechern. Er schlug den Takt mit der Hand auf das Lenkrad.

Bestimmt wäre er auch mit Maja fertig geworden, wenn er nur mehr Zeit gehabt hätte. Zeit und den richtigen Medikamentencocktail. Damit hatte er noch jede gefügig gemacht. Schwester Erikas Verdacht, dass

* Amor fliegt überall, ist ergriffen von Verlangen

jemand Medikamente abzweigte, hatte er beim letzten Gespräch bestimmt zerstreut. In Zukunft musste er einfach vorsichtiger sein.

In der Ferne strahlten die Lichter der Stadt. Der Anblick war ihm vertraut, versprach einen kleinen Funken Sicherheit. Er beschleunigte.

Ranners Verhaftung war ein weiteres Ärgernis. Daran war allein dieser Moser schuld. Er war die sprichwörtliche Laus im Pelz gewesen. Nie hätte er ihn in Haus Waldesruh einziehen lassen dürfen. Aber wenigstens hatte er ihm zuletzt doch noch eins ausgewischt. Majas Tod würde ihn hart treffen, denn es war ihm nicht entgangen, dass Moser sich für sie interessiert hatte.

Schönwies schüttelte den Kopf. Er war wirklich vom Pech verfolgt. Er brauchte einen guten Anwalt, damit er halbwegs heil aus dieser Sache herauskam.

Der Wagen schlingerte in der Kurve. Er war viel zu schnell unterwegs. *O Fortuna, velut luna statu variabilis, semper crescis aut decrescis, vita detestabilis**. Der Chorgesang erschien ihm mit einem Mal gespenstisch.

Er bremste hart. Das Heck schob sich nach vorne. Die Leitplanke raste in Zeitlupe auf ihn zu. Er schrie zur Musik.

---

* O Fortuna, wie der Mond so veränderlich, wächst du immer oder schwindest, schmähliches Leben

## Sechs Wochen später

Als Schwester Erika das Haus betrat, saß Leonore Schönwies barfuß und im Schlafrock im Wohnzimmer. Ihr Haar stand wirr vom Kopf ab, auf ihrem Schoß lag ein Fotoalbum.

„Guten Morgen, Frau Direktor." Aus Gewohnheit sprach Erika die alte Dame noch immer mit diesem Titel an. „Haben Sie schon gefrühstückt?"

„Schau'n Sie. Das war an seinem ersten Schultag." Frau Schönwies tippte auf ein vergilbtes Foto, das Erikas ehemaligen Chef in Anzug und Krawatte zeigte.

Ein hässliches Kind, befand Erika. „Süß!" Sie schaute sich um. Es war noch viel zu tun. Neben dem Fenster waren Schachteln übereinandergestapelt, in denen sich Bücher und Schallplatten befanden. Die altdeutsche Anrichte war leergeräumt, das Lilien-Porzellan bruchsicher in eine Kiste verpackt. Der Deckel lag nur lose darauf, wie die Krankenschwester feststellte. Ein Sammler hatte sich für das Service interessiert und wollte es am Nachmittag abholen.

Erika war zunächst erstaunt gewesen, dass die alte Dame ausgerechnet sie zu sich bestellt hatte. Doch dann hatte Frau Schönwies gemeint, dass ihr sonst niemand einfiel, dem sie vertrauen konnte. Sie hatte Erika als fleißige Arbeitskraft in Erinnerung, wie sie sagte. Das hatte der Schwester geschmeichelt. Das großzügige Honorar, das sie sich für ihre Unterstützung ausgehandelt hatte, trug ein Weiteres dazu bei, dass sie gerne half.

„Ich bringe Ihnen was zum Anziehen!", sagte Erika und begann ihren Rundgang durchs Haus. Auch in den anderen Räumen standen Schachteln und Kisten, vereinzelt auch Koffer und alte Reisetaschen. Es war immer wieder erstaunlich, was sich im Laufe eines Lebens so ansammelte.

In den Küchenschränken war noch genug Geschirr. Ausgeschlagene Töpfe und Teller hatten sie schon am Vortag aussortiert. Frau Schönwies hatte ihr den Druckkochtopf und eine Auflaufform geschenkt. Die ausgemusterten Teile würde das Rote Kreuz im Lauf des Tages für den nächsten Flohmarkt abholen. Auch Altkleider nahmen sie mit. Frau Schönwies besaß Unmengen an Gewand, vom dem nur ein kleiner Teil im neuen Kasten Platz fand. Erika hatte auch die Anzüge, Hemden, Mäntel und Schuhe ihres ehemaligen Chefs in Müllsäcke gestopft. Es waren viele teure Stücke darunter gewesen. Sie hatte kurz überlegt, ob sie den Kaschmirmantel oder die handgenähten Schuhe über das Internet versteigern sollte. Aber irgendwie wollte sie dann doch nichts mit seinen Sachen zu tun haben. Sollte ein anderer seine Freude damit haben, selbst wenn es ein Zigeuner in Bulgarien war, dachte sie bei sich.

Wie sich die alte Dame in ihrem neuen Zuhause einrichten wollte, war bereits entschieden. Nur wenige der teuren Sammlerstücke würden in der Garçonnière Platz finden. Die Möbelpacker waren für den nächsten Tag bestellt.

Die Auswahl der persönlichen Dinge fiel Frau Schönwies besonders schwer. Aber das ging wohl jedem so, der sein altes Leben sortierte und sich aus Platzgründen von so vielem trennen musste.

Dass Schönwies' Mutter von sich aus vorgeschlagen hatte, nach Haus Waldesruh zu übersiedeln, war eine Überraschung für alle Bediensteten, die sie noch aus ihrer Zeit als Chefin kannten. Ihr Ruf als Vorgesetzte war nicht der beste gewesen. Bestimmt gab es Kollegen, die noch die eine oder andere offene Rechnung mit der alten Schönwies zu begleichen hatten. Als Pflegling stand sie diesmal am anderen Ende der Hierarchie. Schwester Erika nahm sich vor, darauf zu achten, dass es niemand zu bunt mit der alten Dame trieb.

Sie stieg die Stufen in den Keller hinunter. Eingelegtes Obst und Marmeladen hatte sie schon ins Altersheim bringen lassen. Ebenso das Gemüse und das Fleisch aus der Gefriertruhe. Das meiste ließ sich bestimmt noch verwenden und würde Abwechslung in den Speiseplan der Pfleglinge bringen.

Für die gepolsterte Tür am Ende des Ganges hatte sich kein Schlüssel gefunden. Herr Harry hatte sie mit dem Stemmeisen aufgebrochen. Frau Schönwies und Erika hatten sich in dem Zimmer umgesehen. „Sein Herrenzimmer", hatte die alte Dame erklärt. „Da durfte niemand außer ihm hinein. Nicht einmal die Putzfrau."

Das Chesterfield Sofa und die Fauteuils waren in gutem Zustand, der Barschrank sah nach einer Antiquität aus. Erika hatte vorgeschlagen, den neuen Hauseigentümer zu fragen, ob er die Garnitur und den DVD-Player übernehmen wolle. Den Schrank, die Kommode, den Perserteppich und die gerahmten Bilder an den Wänden würde man dem Händler aus Wien anbieten. Er sollte sie, wie auch andere Einrichtungsstücke, in Kommission nehmen. Der Erlös aus den Verkäufen würde Leonore Schönwies' Pflege sichern. Was übrig blieb, sollte dem Um- und Ausbau des Altersheims zugute kommen, hatte ihr die alte Dame anvertraut. Auch wusste Erika, dass Haus Waldesruh in der Familie blieb. Eine Cousine von Schönwies würde das Heim weiterführen. Das war unter diesen Umständen das Klügste, was man nach Leonore Schönwies' Ansicht hatte tun können.

Nachdem die alte Dame nach oben gegangen war, hatte Erika die Laden der Kommode durchstöbert. Sie hatte unzählige DVDs gefunden. Den Hüllen nach waren es alte Filme und Titel, die Direktor Schönwies selbst aufgenommen haben musste. Erika hatte erwogen, ein paar davon ihrer Mutter mitzubringen, die diese alten Filme liebte. Sie hatte es dann aber doch bleiben lassen. Nicht einmal eine DVD sollte sie an Schönwies erinnern. Außerdem besaß ihre Mutter kein Abspielgerät.

Erika hatte sich Gummihandschuhe übergestreift und die DVDs in einen Müllsack gekippt. Der passte auf jeden Fall noch in den Mistkübel. Die Flaschen aus dem Barschrank hatte sie auf den Couchtisch gestellt. Es war teurer Whisky darunter und auch Cognac. Ein Abnehmer dafür fand sich bestimmt.

Sie schaute sich zufrieden im Raum um. Den Sack würde sie nachher hinausbringen. Sonst war hier im Grund alles erledigt.

Beim Hinausgehen streifte ihr Blick ein graues Etwas, das hinter dem Heizkörper hervorlugte. Sie versuchte, ihre Hand zwischen die Rippen des Heizkörpers zu zwängen. Ihre Finger waren zu dick. Sie ging in die Küche. Mit dem langen Stil des Kochlöffels sollte es funktionieren. Sie stocherte und schob und nach einer kleinen Weile gelang es ihr tatsächlich, das graue Etwas aus seinem Versteck zu holen. Es entpuppte sich als Kuvert, und als Schwester Erika es geöffnet hatte, pfiff sie überrascht durch die Zähne. Die Scheine waren gelb und mit einem Gummiringerl gebündelt. Erika zählte das Geld überschlagsmäßig und grinste dabei wie ein Hutschpferd. Damit würde sie ihre Schulden bezahlen können und eine ordentliche Shoppingtour ging sich zusätzlich aus. Sie steckte das Kuvert in ihre Tasche. Niemand würde es vermissen.

„Erika?“, rief die alte Frau aus dem Wohnzimmer.

„Ich komm schon!“, rief Schwester Erika zurück und trällerte beschwingt, während sie die Stiegen hinauf ins Erdgeschoß ging.

Maja hatte sich für Tandoori Chicken entschieden. Ria hatte ihr erzählt, dass Moser manchmal unter Fernweh litt. Zum Huhn gab es Basmatireis, der blumig duftete, und knackigen Salat, den sie auf dem Bauernmarkt ganz in der Nähe gekauft hatte.

Moser brachte Rosen mit – eine Sorte mit kurzen Stengeln, bunt wie eine Farbpalette. „Schön, dass du da bist", begrüßte sie ihn und bat ihn in ihr kleines Reich. Er war ihr erster richtiger Besuch, sofern man Ria, die ihr die kleine Wohnung organisiert hatte, nicht mitzählte. Mosers Tochter hatte als versierte Sozialarbeiterin sofort die richtigen Hebel in Bewegung gesetzt. Majas Wohnrecht in dem alten Haus war zwar unwiederbringlich verloren, aber wenigstens ihr Eigentum hatte sie anstandslos zurückbekommen. Die Drohung mit einer Anzeige und ein Schreiben des Sozialreferates, bei dem Ria angestellt war, hatten Joes Neffen zur Räson gebracht. Sogar zu einer kleinen Abschlagszahlung als Ablöse für das Wohnrecht war er bereit gewesen, sofern man von weiteren rechtlichen Schritten gegen ihn absah.

Moser schaute sich diskret um. Die Wohnung lag im zweiten Stock, war hell und freundlich. Vom Küchenfenster aus sah man in den Garten, den Maja mitbenutzen durfte. Der hielt zwar einem Vergleich mit ihrem früheren Grundstück nicht stand, war aber immerhin ein Anfang, wie sie sich tröstete.

Der Schaukelstuhl vor dem Fernseher kam Moser bekannt vor. Maja hatte einige der Einrichtungsgegenstände aus ihrer früheren Wohnung geholt. Auf der Kommode lag ein Skizzenblock. Offenbar hatte sie auch wieder zu zeichnen begonnen.

Die beiden hatten sich zuletzt bei Adele Rosens Begräbnis vor zwei Wochen gesehen. Die Freundin war nach einem weiteren Schlaganfall gestorben.

„Nimm doch bitte Platz!", forderte Maja ihren Gast auf. Mit der Tischdekoration hatte sie sich besondere Mühe gegeben. Sie zündete die Kerzen an und holte die Flasche aus dem Kühlschrank. „Ich hab mir gedacht, dass wir zur Feier des Tages mit Champagner anstoßen!" Moser zog die Folie vom Verschluss. Den Korken ließ er langsam kommen. Maja reichte ihm das Glas. Sie prosteten sich zu. „Auf meinen Retter", sagte Maja ein wenig theatralisch. Moser wehrte verlegen ab. „Stimmt aber", sagte sie. „Ohne dich wäre ich nicht mehr hier."

Moser hatte ihr das meiste erzählt, als sie nach Schönwies' Flucht im Krankenhaus zu sich gekommen war. Dass er sie halb entblößt gefunden hatte, hatte er ihr jedoch verschwiegen. Er sah nicht, was es bringen sollte, wenn sie sich darüber Gedanken machte. Und was Schönwies betraf, war es nun ohnehin egal. Seine Leiche, die die Feuerwehr aus dem Wrack herausschneiden hatte müssen, lag mittlerweile im Familiengrab. Moser hatte gehört, dass viele zur Trauerfeier gekommen waren. Die Gerüchteküche brodelte immer noch. Manche vermuteten einen Selbstmord, nachdem bekannt geworden war, dass er von den unsauberen Geschäften Ranners profitiert hatte. Moser stellte sein Glas zur Seite.

„Ich bin heute an der Unfallstelle vorbeigekommen", sagte er. Er mochte keinen Champagner. Ein Bier wäre ihm weitaus lieber gewesen.

Auch Maja stellte ihr Glas ab.

„Ein Holzkreuz haben sie dort aufgestellt", erzählte er.

„Aha." Maja war es egal. Sie wusste, dass Schönwies versucht hatte, sie mit einem Polster zu ersticken, und dass Moser sie mit seinem Einsatz und gezielten Erste-Hilfe-Maßnahmen gerettet hatte. „Ich werde bestimmt keine Blumen hinbringen."

Moser lachte. Er mochte ihren trockenen Humor.

„Ist der Ranner immer noch in Untersuchungshaft?"

Moser nickte. „Den lassen sie bestimmt nicht heraus. Immerhin besteht Fluchtgefahr. Aber es wird schon noch dauern, bis die Erhebungen abgeschlossen sind. Er war ja über viele Jahre sehr aktiv."

„Hast du noch einmal was von dieser Frau Hirsch gehört?"

„Ja. Das hätt ich jetzt beinahe vergessen. Sie hat mich angerufen und sich ganz herzlich bedankt. Du weißt ja, dass sie den Vorvertrag schon unterschrieben hatte. Sie hat gesagt, dass sie ohne unseren Auftritt im Donauweibchen ziemlich viel Geld losgeworden wäre. Als Zeichen ihrer Dankbarkeit will sie uns zum Essen einladen."

„Das ist aber nett von ihr." Maja grinste. „Du hast bestimmt schon Hunger", sagte sie und stand auf, um das Essen anzurichten.

„Was gibt es denn?"

„Eine Überraschung." Maja tat geheimnisvoll.

Moser spazierte zum Fenster, während Maja in der Küche verschwand. Aus dem Vorraum kam leises Maunzen. Moser ging dem Laut nach und entdeckte eine Tigerkatze im angrenzenden Badezimmer. Sie musterte ihn prüfend mit dem linken Auge, denn das rechte fehlte. Moser holte das Wollknäuel, das er neben dem Schaukelstuhl entdeckt hatte. „Miez, miez", lockte er das Tier und rollte das Knäuel in seine Richtung.

„Scheu ist sie geworden, die Aphrodite“, sagte Maja, die ein Tablett mit zwei Tellern brachte. Mosers Portion hatte sie fast doppelt so groß wie ihre eigene bemessen. „Magst du Wein, oder doch lieber ein Bier dazu?“

Moser musste nicht lange überlegen.

„Wo hast du sie her?“, fragte er und deutete auf das Tier.

„Das ist die Therapiekatze aus dem Altersheim. Die Physiotherapeutin hat mich gefragt, ob ich sie nehmen will. Otto, dieser Trottel, hat ihr Klopapierrollen an den Schwanz gebunden. Seither ist sie ganz verschüchtert“, erklärte Maja.

„So ein Depp!“

„Seine Zeit als Zivildiener ist sowieso bald vorbei und Schwester Erika wird schon dafür sorgen, dass sie ihn in Zukunft nicht mehr auf alte und hilflose Leute loslassen, hat mir die Physiotherapeutin erzählt.“

„Hoffentlich“, sagte Moser und wandte sich seinem Teller zu. Das Essen sah interessant aus. Bei Schweinsbraten oder Schnitzel hätte er sich sicherer gefühlt.

„Deine Tochter, die übrigens eine ganz Liebe ist ...“

„Ich weiß, das hast du schon mehrfach gesagt“, fiel ihr Moser ins Wort.

„Ich bin euch halt einfach sehr dankbar! Ohne eure Hilfe wär ich nach wie vor in Haus Waldesruh und Hannes würde mich immer noch hinhalten, hätte womöglich schon meine Sachen verkauft und wäre mit dem Geld über alle Berge.“

„Aus dem Projekt wird ja leider nichts!“

„Ich finde es auch sehr schade. Ich habe nämlich wirklich an diese Sache geglaubt. Joe hätte es verdient“, sagte Maja traurig.

„So ist das mit den Politikern. In Vorwahlzeiten machen sie große Versprechungen und dann, wenn sie auf ihren Posten sitzen, ist plötzlich kein Geld dafür da. Aber immerhin bekommt dein Joe eine Gedenktafel“, tröstete Moser sie.

„Hast Recht, man soll nicht undankbar sein. Aber dass Hannes einfach umdisponiert, das Haus ohne mein Wissen ausräumt, einen Käufer sucht und mir nicht erzählt, dass nun doch nichts aus dem Projekt wird, finde ich ziemlich schäbig.“

„Ist es auch!“, stimmte Moser zu. „Was wolltest du vorher über meine Tochter sagen?“ Er schob sich ein kleines Stück Fleisch mit Sauce in den Mund. Die Gewürzpaste und der Knoblauch, mit dem das Huhn mariniert war, entfalteten ihren Geschmack. Nicht übel, dachte er.

„Deine Tochter hat mir erzählt, dass du auf Indien stehst. Deshalb hab ich etwas gekocht, das man dort angeblich isst.“

„Aha“, nickte Moser und mischte die Sauce mit Reis. Beim Salat hielt er sich zurück, weil er weder das Kürbiskernöl noch die Tomaten mochte.

„Wann warst du dort?“

„Gar nicht.“ Moser erzählte von seiner Zeit als Alleinerzieher. Nach dem zweiten Bier kam er so richtig in Fahrt und brachte sie mit einzelnen Episoden so sehr zum Lachen, dass ihr die Tränen kamen.

Anstelle der Kuchenstücke, die sie als Nachspeise eingekauft hatte, beließ er es bei einem Kaffee. Den Grappa, den sie ihm anbot, nahm er gern. Sie hatte ihm auch einen Aschenbecher hingestellt. Er war froh, dass er sich endlich eine Zigarette drehen konnte.

„Darf ich dich was Persönliches fragen?“

Er schaute sie abwartend an.

„Warst du wirklich einmal im Häfn?“

Er kniff die Augen zusammen. Eigentlich redete er nicht gern über diese Zeit. „Ja“, sagte er knapp.

Sie wartete, ob er ihr mehr darüber erzählte. Aphrodite war auf Majas Schoß gesprungen und schnurrte, als diese über ihr Fell streichelte.

„Raufhandel." Er hatte die Zigarette lässig im Mundwinkel hängen, griff nach dem Schnaps und schenkte sich nach. „Ich war damals Taxifahrer und hab mich in einen Ehestreit eingemischt. Als er sie am Hals gepackt hat, hab ich ihm eine aufgelegt. Dabei hab ich ihm den Kiefer gebrochen. Bei der Verhandlung hat sie dann für ihn ausgesagt und irgendsoein windiger Anwalt hat mich dann ziemlich blöd ausschauen lassen. Pech halt", sagte Moser und kippte den Grappa in einem Zug. „Aber ich hab nicht viel gekriegt. Das meiste auf Bewährung." Er drehte das Schnapsglas verlegen zwischen den Fingern. Würde sie ihn nun vor die Tür setzen?

„Ein Häfnbruder also", sagte sie forsch.

Er stand langsam auf. Wenn sie ein Problem damit hatte, wollte er sie nicht mit seiner Anwesenheit belästigen. Er war keiner, der sich jemandem aufdrängte.

„Bitte bleib. Ich verrate dir auch ein Geheimnis." In Majas Augen blitzte der Schalk.

Er setzte sich wieder hin.

„Weißt du, warum ich Hannes nicht angezeigt habe?"

Er zuckte die Achseln. „Du wirst deine Gründe haben."

„Du darfst es aber wirklich niemandem verraten!"

Er nickte und dämpfte seine Zigarette aus.

„Einige von den Bildern, die Hannes mitgenommen hat, waren gar nicht von Joe. Oder doch, aber nicht ganz."

Moser war verwirrt. Was meinte sie?

„Unvollendete Werke, weißt du. Ich hab sie fertiggestellt. War gar nicht so schwer. Ich glaub, Joe wäre richtig stolz auf mich gewesen."

„Aber wo ist das Problem?“

Sie lachte. „Ich hab ein paar als Originale von Joe verkauft. Wenn herauskommt, dass es Fälschungen sind ...“

„Solange die Leute ihre Freude mit den Bildern haben, tut es doch keinem weh“, befand er nüchtern.

„Ganz meine Meinung.“ Maja schüttelte ihre Locken. Die Katze sprang von ihrem Schoß. „So“, sagte Maja, „und was machen wir jetzt mit dem angebrochenen Abend?“

## Epilog

Das Haus war ein echter Glücksgriff gewesen. Natürlich gab es noch eine Menge zu tun. Die alte Frau hatte allerhand Gerümpel zurückgelassen. Einen Teil davon mussten sie entsorgen. Die Möbel hatten sie übernommen und auch die Ledergarnitur, die unten im Keller stand. Er nahm das Maßband, um die Länge der Wand zu messen. Der Wohnzimmerschrank aus der alten Wohnung würde hier hoffentlich hereinpassen. Sein Fuß stieß gegen einen Müllsack. Eine Flut von DVDs ergoss sich auf den Fußboden. Er griff nach einer der Hüllen. Ein bekannter Unterhaltungskünstler, auf dessen Namen er nicht gleich kam, war darauf abgebildet. Kindheitserinnerungen, dachte er, als er die Rückseite des Covers las. Vielleicht würde er später beim Essen einen der Filme anschauen.

Während er das Bett zusammenbaute, hörte er die Vögel im Garten zwitschern. Plötzlich kam ihm eine Idee. Bis seine Frau mit den Kindern zurückkam, blieb ihm genug Zeit. Er zog seine Arbeitsschuhe an und schleppte den Sack in den Garten. Dann holte er eine Leiter und den Spagat.

Eine halbe Stunde später betrachtete er zufrieden sein Werk. Die silbrigen Scheiben, die an den Zweigen schaukelten, blitzten mit jedem Sonnenstrahl auf.

Nun würden die gefräßigen Vögel seine Kirschen endlich in Ruhe lassen.

Um die DVDs war ihm nicht leid. Wer sah sich solche alten Filme heute noch an?

## Glossar

Aber geh
*Ach komm*
abschasseln
*abwimmeln*
angespieben
*vollgekotzt*
anpatzen
*anschwärzen, Schwierigkeiten machen*
auszucken
*ausflippen*
betonieren
*schlagen*
Bettzeug
*Bettwäsche*
Brösel
*Unannehmlichkeiten*
fladern
*stehlen*
Gespritzter
*Weinschorle*
Gfrast
*heimtückischer Mensch*
Giftwurzn
*bösartige Frau*
glitschen
*gleiten*
gustieren
*aussuchen*
Häfn
*Gefängnis, Knast*
hineintheatern
*jemandem etwas Falsches einreden*
hudeln
*sich beeilen*
Hutschpferd
*Schaukelpferd*
in der Fettn
*im Rausch, betrunken*
Kammerl
*kleiner Raum*
Käsekrainer
*geräucherte Brühwürste aus Rind- und Schweinefleisch mit einem Käseanteil*
Muli
*Maultier*
Negerant
*Pleitier*
Patschen
*Hausschuhe*
Pension
*Rente*
Plastiksackerl
*Plastiktüte*
pflanzen
*ärgern*
Pompfüneberer
*uniformierter Bestatter*
pudelnackert
*ganz nackt*
Ribisel
*Johannisbeeren*
Rostschüssel, Rostlaube
*altes Auto*
Salettl
*Gartenhaus, Pavillon*
Sakko
*Herrenjackett*
Saubartl
*Schmutzfink, Ferkel*
Schlapfen
*Schlappen, Pantoffeln*
Schmäh (Schmäh führen)
*scherzen*
Schneebrunzer
*Dünnbrettbohrer*
sekkieren
*ärgern, quälen, belästigen*

Spagat
*Bindfaden*
Stamperl
*Schnapsglas*
stockfinster
*stockdunkel*
Store
*Gardine*
verdattert
*verwirrt*
verhuscht
*irre, wirr*
vermaledeit
*verflucht*
vernadern
*anschwärzen*
wo der Bartl den Most herholt
*wie der Hase läuft*
z'ammbringen
*schaffen*
Zeug
*Kram*
Zündhölzel
*Streichholz*